Péter Esterházy

Die Markus-Version

Einfache Geschichte Komma
hundert Seiten

Aus dem Ungarischen
von Heike Flemming

Hanser Berlin

Die ungarische Originalausgabe erschien 2014
unter dem Titel *Egyszerű történet vessző száz oldal – a Márk-változat –*
bei Magvető, Budapest.

1 2 3 4 5 20 19 18 17 16

ISBN 978-3-446-25073-4

Satz im Verlag
Druck und Bindung: Friedrich Pustet, Regensburg
Printed in Germany

FSC
www.fsc.org
MIX
Papier aus verantwortungsvollen Quellen
FSC® C014889

1.

Das ist der Beginn. Beten konnte ich früher als sprechen. Doch insgeheim konnte ich beides. Ich würde nicht sagen, dass ich schon im Bauch meiner Mutter gebetet habe, und ebenso wenig, dass ich sofort, von dem Moment an, als ich blutglitschig zwischen ihren dünnen, bebenden Schenkeln hindurch hierher, auf die Welt, kam, gebetet hätte. Geschwollen ausgedrückt könnte ich sagen, dass dieses zwischen den Beinen einsetzende Brabbeln das schönste, das eigentliche Gebet wäre, doch besser sage ich es nicht. Als man uns infolge der sogenannten »Aussiedlung« aus Budapest in ein nordungarisches Dorf abschob, wurden wir bei einem der wohlhabendsten Großbauern im Dorf, bei einem Kulaken, zwangseinquartiert. Uns war die Einstufung »Volksfeind« zuteilgeworden, und damit hatten wir mühelos die in Frage kommenden Konkurrenten, Offiziere, Fabrikanten, allerlei unterdrückerische Bourgeois, überholt. Lange Zeit wäre ich gern ein Bourgeois gewesen, das ist ein so geheimnisvolles Wort. Mich störte ein wenig, dass ich es nicht verstand, meinen Bruder störte es nicht. Es ist schön, sagte er und wiederholte es zischelnd, schschsch Bourgeois. Der Schluss wie ein Seufzer. Wir wurden in ein wenn auch großes Zimmer gepfercht, mein Vater, meine Mutter, mein großer Bruder und ich. Es hatte die Form eines regelmäßigen Quadrats, aus irgendeinem Grund verblüffte das uns alle. Und erfüllte uns alle mit Unruhe. Als wäre es ein Zeichen oder ein Wink. Aus welchem Grund, zu welchem Zweck, keiner ging dem nach. Fünfzig mal fünfzig Schritte, mit meinen ersten, watschelnden Schritten. Leichtes Schwanken, Taumeln, als wäre ich betrunken. Dabei war in diesem Zimmer immer nur mein Vater betrunken.

2. Es wurden vierzig weniger betrunkene Schritte, dann sogar dreißig. Ich zählte sie und dachte, also werden es auch zwanzig, zehn, einer. Auch null? Die Siebenmeilenstiefel; doch meistens war ich barfuß. Könnte ich jetzt dorthin gehen und stünde das Haus noch, bräuchte ich mit meinen schwerfälligen Schritten etwa neun. – Ein Fenster ist vorhanden, dennoch ist es, als gäbe es keines. Als wäre es geschlossen. Nur nachts habe ich das Gefühl, dass es sich einen Spaltbreit öffnet, von meinem Bett schräg nach oben. Doch dann sofort bis zu den Sternen. Über mir an der Wand hängt das Jesuskind. Es ähnelt mir. Pausbäckig, lächelnd, stark. Das Gesicht des Jesuskinds kommt mir vor, als wäre es in eine silberne Monstranz gefasst, als flögen aus dem glänzenden Köpfchen, das fast wie die Sonne aussieht, Strahlen durcheinander: Das wirkt wie Stärke. Nicht das über die Wiege sich beugende, müde triumphale Gesicht meiner Mutter, nicht das meines Vaters, der mich dem Zeugnis einer alten Fotografie zufolge von etwas weiter weg still gerührt betrachtet, noch nicht einmal die Brüste meiner Mutter, nun, die waren wirklich triumphal, nicht die sind meine ersten Erinnerungen, vielmehr dieses strahlende Jesuskind, das über mir hängend ständig da ist, mich betrachtet, lächelt.

3.

Die Großmutter lächelt selten. Aus ihrem Kopf kommen keine Strahlen. Im Gegenteil, es ist, als hätte sie das Licht verschluckt, ihre Falten, die haben es verschluckt. Sie kam und ging plötzlich. Auf einmal saß sie dort an meinem Bett und sprach von Gott. Als erzählte sie vom Nachbarn. Oder vom taubstummen Briefträger, Onkel Gerzson. Ihr Sohn war im Krieg gestorben, der jüngere Bruder meines Vaters. Die Russen hatten ihn erschossen. Die Deutschen. Die Partisanen. Er war verschwunden. Lange wollte sie das nicht glauben. Dass ihr Sohn früher gestorben war als sie, das Kind früher als seine Mutter, dass das überhaupt möglich ist. Sie war darauf gekommen, dass der Herrgott dann seinen Sohn getötet haben musste, anders konnte es nicht sein. Schließlich also glaubte sie es. Einen ganzen geschlagenen Tag lang jammerte und schluchzte sie. Keiner wagte etwas zu sagen. Es gab einen Moment, da meinte sie, wenn ihr Sohn tot war, nicht war, dann war auch Gott tot, war Gott nicht, dann jedoch ging dieser Moment vorüber. Als ihre Tränen versiegt waren, verließen sie auch die Kräfte, und sie schlief zwei Tage am Stück. Als sie aufwachte, war Gott taubstumm geworden. So erzählte sie es und malte mir mit ihrem knorrigen Daumen ein Kreuz auf die Stirn. Sie kann auf eine Weise von Gott erzählen, dass es unbegreiflich wird, dass er nicht sein soll. Noch dazu, dass er tot sein soll. So, dass dies keinen Sinn hat. Ich habe den Nachbarn und den Briefträger erwähnt, weil die immer sind, wir sie sehen. Die Geschichten der Großmutter von Gott – also sie enthielten diese Sicherheit, dass Gott auch dann ist, wenn niemand mehr ist. Obwohl das, dass niemand ist, schwer vorstellbar ist. Das »niemand« und das »alles« sind schwer vorstellbar.

4. Niemand, alles, mein Bruder mag das Ernste. Den Ernst. Er hat Pläne. Er plant. Er denkt zum Beispiel ans Morgen. Ich meistens nur ans Jetzt. Auch das ist so viel! Er hat die Geheime Schatzkammer gegründet. Du bist noch klein, Hosenmatz, *unreif*, aber ich nehme dich auf. Ich habe zwei Stimmen, du eine. Doch ich nutze meine Situation nicht aus, versprochen. Die Schatzkammer ist auf dem Heuboden. Klauen ist leider nicht erlaubt, denn sonst hätte ich Kulakenonkel Ágoston schon längst das Haarnetz geklaut. Was für ein Stück! Es hat einen kleinen Riss und stinkt. Stinkt säuerlich. Es wäre ein großer Fang. Ich habe das bisher Schönste gebracht, einen Ballon, einen Luftballon. Einen roten, schlaffen Luftballon. Er sieht aus wie ein Gesicht oder eher wie eine Maske, mit einer großen Narbe. Von der Zigarette meines Vaters. Er hatte schon getrunken. Er lachte lauthals. Ich begann zu weinen, nicht ganz aufrichtig, aber auf irgendeine Weise musste ich zeigen, dass jetzt wir, die Kinder, recht hatten. Wir haben eine Kastanie, altes Geld, Pengő, ein Stück Metall vom Traktor, einen Fahrradsattel. Und eine Spinne, eine Kreuzspinne. Aber die ist dann vertrocknet. Anfangs war sie sogar tot wild und furchteinflößend. Erschreckend. Dann saugte die Zeit das Erschreckende aus ihr heraus. Oft kommt mir die Luft in den Sinn, die in dem Ballon war. Wäre ich Gott, sage ich zu meinem Bruder, würde ich in den Luftballon schlüpfen. Denn dann wäre ich und wäre nicht, ich würde gesehen und nicht gesehen. Und es flöge, was fliegen muss. Aber du bist nicht Gott, sondern dämlich, mit diesen Worten schubste er mich ins Heu. Dabei war ich damals schon stärker.

5.

Ich bin stärker, aber ich lasse ihn. Es ist gut, mit ihm zu kämpfen. Er umfasst meine Hüfte, als tanzten wir. Auch ich kann das denken, Dämlack. Nicht, dass ich Gott wäre. Das denkt keiner. Nur Luzifer. Doch der wurde auch aus dem Himmel geworfen. Verstoßen. Zu Recht. Aber ich habe schon gedacht, dass Gott mein Vorbild ist. Nicht in allem, zum Beispiel hätte er Großmutters anderen Sohn nicht töten müssen. Ich habe nicht gezählt, aber am meisten denke ich an Gott. Öfter als an meine Eltern, öfter als ans Spielen, öfter als an den roten, toten Luftballon. Ich spreche nicht einmal aus, dass Gott ist, so aufregend ist es. Diese Dinge habe ich von der Großmutter gelernt, doch das Gleiche sehe ich auf dem silbern strahlenden Bild über meinem Bett. Dass es etwas Sicheres gibt. Nicht Sicherheit, vielleicht habe ich das zuvor falsch gesagt, dieses »sicher« hat kein Ziel, keine Richtung, nicht ich bin es, der gut damit fährt, doch es ist gut zu wissen, gut, dass ich weiß, dass es so ist. Es ist sichtlich so. Diese beiden haben mich zum Beten gebracht: das Silberbild und die Großmutter. Zum Beten brauche ich keine Worte, deshalb kommt mir Großmutters taubstummer Gott gelegen. Ich verheimliche, dass ich sprechen kann, und zeige nicht, dass ich verstehe, was sie zu mir sagen. Doch sie sagen gar nichts. Sie brummen und hätten gern, dass ich mich produziere. Aber wozu? Das mache ich nicht. Meine Mutter macht sich Sorgen. Ich bedauere sie nicht. Kein Mucks, nicht raus, nicht rein, nichts, und dem Nichts gegenüber ist die Sorge so lächerlich.

6. Früh am Morgen ist nichts, nur der frühe Morgen. Meine Eltern ziehen sich vorsichtig an, in tödlicher Stille wie Diebe, trotzdem werde ich immer wach. Sich im Dunkeln anziehen, wie lächerlich. Auch im Dunkeln kann man sie sehen, sie, die noch dunkler sind als das Dunkel. Es ist nicht gut, sie so zu sehen, ich will es nicht. Ich rieche das Zimmer, muss es auch, das Zimmer ist so. Die Gastgeber sind stolz auf den frischen Geruch des Weißens, für sie bedeutet er Reinheit und Höflichkeit. Weißen muss man alle zehn Jahre, so ist es üblich, sie haben dennoch unseretwegen neu geweißt. Extraweißung, sagte Onkel Ágoston. Was haben Sie bitte schön gesagt? Meine Mutter fand sich nur langsam in ihre neue Situation. Doch mein Vater sofort. Hast du nicht gehört, *meine Liebe*? Sie haben unseretwillen extrageweißt. Vielen Dank. Meine Mutter sieht ihren Mann wütend an, zischt leise: Jetzt hast du zum ersten Mal in deinem Leben »meine Liebe« gesagt. Mein Vater lächelt wie eine Schauspielerin, jetzt sind wir das erste Mal am Ende der Welt. Meine Liebe. Ich mag diesen Geruch nicht. Zimmergeruch, spezieller Zimmergeruch, extra. Warum muss ein Zimmer einen speziellen Geruch haben?

7.

Dieses hintere Zimmer geht auf den Hof, das Fenster ist in der gleichen Höhe wie der Brunnen, ein verreckter Brunnen, so heißt es. Eher so: der Brunnen ist verreckt, als nähme der Brunnen aktiv an seinem Tod teil. In der Straße ist alles ausgetrocknet. Das Wasser ist erschrocken, so knurrten die Bauern. Sie sagen es, als würden teils sie mit größtem Vergnügen, teils das Wasser so wie sie vor der LPG erschrecken. Wasser auf der Flucht, so sinnt mein Bruder nach. Rasierwasser, mein Vater hat welches. Es riecht besser als das Zimmer. Rasierwasser auf der Flucht. Auch Rasierwasser soll in der Schatzkammer sein. Wir haben einen Soldatenhelm gefunden, draußen am Sumpf, auch den haben wir auf den Boden gebracht. Mein Bruder zog ihn sich auf den Kopf und warf ihn, als wäre er entsetzt, sofort wieder ab. Ich sehe darin herzerstarrend aus, sagte er und lachte ernst. Warum muss man solche Wörter benutzen?! Weiter hinten, hin zum Garten, steht das Klo, es torkelt eher, lange durfte ich es nicht benutzen. Am Ende fällst du noch hinein. Wenn mein Vater aus dem grauen Zimmer in die graue Küche tritt, sagt Onkel Ágoston: Ein Gläschen, Herr Doktor? Jahrelang war das der erste Satz am Tag, den ich hörte. Das ist der Satz, den ich am häufigsten in meinem Leben gehört habe, ein Gläschen, Herr Doktor? Auch das wird wahrscheinlich bleiben. Wie viele Sätze gibt es wohl insgesamt auf der Welt?, das würde ich gern jemanden fragen. Gott eingeschlossen. Wie viele Sätze haben Sie geschaffen? Dabei schafft gar nicht Gott die Sätze, sondern der Mensch. Er könnte natürlich. Wenn er schon alles geschaffen hat. Ich höre das Gläschen, betrachte die Decke, die nicht besonders hoch ist. Oder mein Vater ist zu hochgewachsen. Zu groß, das Zimmer wirkt fast wie ein Spielzeugzimmer. Doch das Ganze hier ist kein Spiel. Wenn er durch die Tür hinausgeht, muss er sich stark bücken. Zu Beginn, im Anfang, wollte mein Vater eine Zeitlang kein Gläschen. Im Anfang war kein Wort vom Gläschen.

8. Im Anfang boten sie auch meiner Mutter eines an, wenn sie in die Küche kam. Zunächst streicht sie sich über die Kleider, seufzt, ich höre es, laut, als träte sie auf die Bühne. Jetzt ist sie die Schauspielerin. Sie tritt auf die Bühne, in die Fremde, nicht ins Wirkliche. Hier ist nichts wirklich. Das stimmt nicht. Mein Bruder und ich sind wirklich, unsere Eltern weniger. Auch das Klo ist wirklich, und das Stinken. Auch das Gläschen. Auch das stinkt. Zu Beginn, im Anfang wies sie es eine Zeitlang lachend zurück. Aber Onkel Ágoston, wo denken Sie hin, vor Sonnenuntergang …? Mein Vater wird rot, als wäre er der Sonnenuntergang.

9.

Bei Sonnenuntergang ist unsere Straße am schönsten. Sie beginnt am betonierten Dorfplatz, ist auch selbst betoniert, allerdings kaum ein paar Meter (wie ein unvollendetes Luftholen), wird mit einem winzigen Plumpsen ein gewöhnlicher Feldweg, in den die Wagenräder parallel verlaufende Furchen gegraben haben. In der Mitte wuchs noch etwas Grün, Gras und Vogelmiere. Unkraut. Ein Weg ist entweder staubig oder schlammig. Beides ist gut. Es ist gut, barfuß, mit beiden Füßen in den seidigen Staub zu springen, vor allem, wenn er heiß ist und sozusagen neben den Sohlen explodiert, fein herumfliegt wie Puder und das schräge Abendlicht auf ihm zerfällt. Wie auf den Heiligenbildern. Großmutters Gebetbuch ist voller Heiligenbilder. Auf ihnen fällt das Licht genau so, es beginnt oben bei Gott und kommt auf den Heiligen herab – schräg. Was für ein Kitsch, sagt meine Mutter, als sei sie beleidigt worden. Unwichtig, sagt mein Vater mit beleidigter Leidenschaftslosigkeit. Auch der Schlamm ist gut, das Klatschen in den Schlamm. Der Schlamm ist schwer, der Staub leicht, das ist der Unterschied. Was ist schwerer, ein Kilo Schlamm oder ein Kilo Staub, fragt mein Bruder. Ein Kilo Schlamm, würde ich triumphal herausschleudern, doch ich kann nicht sprechen. Er würde sehr lachen. Auch der Schlamm ist schön, zum Beispiel wenn er zwischen den Zehen zurückquillt. Es gibt Sommerschlamm und Herbstschlamm. Der Herbstschlamm ist nicht mehr lustig. In den kann man nicht mit beiden Füßen hineinschmatzen. Herbstschlamm ist mehr was für die Tiere.

10. Am Abend werden hier die Tiere, die Rinder, von der Weide hereingetrieben. Sag, Rind, warum so betrübt, das fragt meine Mutter jedes Mal, wenn sie eine Kuh sieht. Irgendwie fragt sie es traurig. Ist mein Vater dabei, erwidert er brummend, einmal die Woche Fleisch genügt. Das traurigste Gedicht der Welt. Die Kühe drängen sich, sie überholen, halten einander auf, dann fliegt der Staub erst richtig. Als wäre die Sonne in Nebel gehüllt. Alle Kinder flüchten dann ins Haus. Wie ein angeschwollener Fluss, so kommt die Rinderherde daher. Sie ergießt sich, sagt mein Bruder. Einmal blieb ich dort mitten auf der Straße. Ich stand nur da. Ich wusste nicht, dass man Angst haben muss. Die Kühe liefen schön um mich herum, als passten sie auf mich auf. Ich sah nur ihre Augen. Augen anzuschauen ist interessant, als sähe man das Sehen. Meine Mutter stand gelähmt im Tor und kreischte. Als die Straße endlich frei wurde, sprang sie zu mir hin wie zu einem Erwachsenen, und mit beiden Händen schlug sie mich, wie sie nur konnte. Mein Vater zog sie von mir weg, es reicht, murmelte er mit der gleichen Stimme, wie er das »einmal die Woche Fleisch genügt« sagte. Wir standen auf der Straße wie auf einer schlechten Bühne. Wie viele Bühnen. Die Straße führt zum Hügel neben dem Dorf und wird ein Weg. Dort geht die Sonne unter, deshalb scheint der Sonnenuntergang ausschließlich unsere Straße zu beleuchten. Ihr Name ist Waschgeräte-Straße. Vas-Gereben-Straße, so verbessert mich später mein Bruder. Ich sehe keinen großen Unterschied. Sie mündet in einer großen Kurve auf den Dorfplatz, deshalb geht die Sonne nicht am anderen Ende der Straße auf. Wo sie aufgeht, weiß ich nicht. Auf einmal ist sie da am Himmel. Unerwartet? Unerwartet, aber jeden Tag.

11.

Jeden Tag, unerwartet, aber jeden Tag kommt die Nachbarin Mári. Nicht Mari und auch nicht einfach Mári, sondern dazwischen, Maári. Wie Koala. Oder eher Maori. Mein Vater sagt ihren Namen nie, nimmt sie gar nicht wahr. Er nimmt vieles nicht wahr. Auffallend vieles. Man bräuchte eine Liste über das, was er wahrnimmt. Was nahm mein Vater ernst? Eine geheime Liste. Máári, meine Mutter spricht den Namen mit langem, langsamem á, träumerisch. Die Nachbarin, sie braucht gar nicht auf die Straße zu treten, schlüpft einfach durch den Zaun. Zwei Latten sind locker, beweglich, und schon steht sie vor unserem Fenster. Ihr glänzendes, braunes Haar bedeckt sogar ihre Schultern. Manchmal bindet sie es zu einem Zopf. Auf ihrem Nacken ist ein kleiner roter Fleck. Wie ein Kopf. Holland-förmig, behauptet mein Bruder. Sie ist nicht dünn. Aber ihre Nichtdünnheit ist schön. Schön kräftig. Meine Mutter hilft ihr beim Lernen. Phänomenal dumm, so hörte ich meine begeisterte Mutter. Dummheit ist gefährlich, antwortete mein Vater murrend. Plötzlich fuhr er auf, ich kriege von Dummheit Brechreiz. Was ist mit Ihnen? Das ist ein Mädchen, das ein bisschen schwer von Begriff ist. Was brüllen Sie da? Dafür passt Mári, solange meine Eltern auf den Feldern arbeiten, auf uns auf. Auf mich. Wenn sich Mári über ihr Heft beugt, ihr das Haar zur Seite fällt, wird ihr Nacken frei, nackig. Ich sah, wie meine Mutter für einen Augenblick ihre Hand zitternd dorthin legte, ich sah es nicht nur einmal.

12. Einmal sah ich ihre Brüste, Máris Brüste. Das war schon später, bevor wir nach Budapest zurückkehrten. Sie waren rosa.

Rosa ist das Jesuskind im morgendlichen Sonnenlicht. Weder vom Zinnsoldaten noch von König Drosselbart, die Großmutter erzählt ausschließlich von Gott. Zunächst verstand ich es so, dass Gott zweimal ist. Einer im Himmel, praktisch in den Wolken oder ein bisschen darüber, das ist der Herrgott. Der Vater. Der Vater ist das Gleiche wie Vater. Nur ein wenig strenger. Unversöhnlich? Deshalb muss man ihn ständig versöhnen? Und dann gibt es den Sohn. Der ist unter uns auf die Erde gekommen und sein Name ist Jesus. Oder Christus. Wegen des Kreuzes, weil er gekreuzigt wurde. Und er heißt auch noch Jesus Christus, aber das ist alles dasselbe. Und Jesus ist eher Mensch. Oder nicht eher, sondern dem Vater gehört der Himmel, dem Sohn die Erde. Der große Unterschied ist, dass es im Himmel das ewige Leben gibt und hier etwa siebzig, achtzig Jahre. Ausgenommen die sogenannten Methusalae. Das habe ich von meinem Bruder gehört. Das hat nichts mit dem Onkel Matus zu tun, Máris Vater. Methusalem ist alt. Wer Methusalem ist, ist immer alt. Das ist ganz sicher, glaube ich. Doch das ewige Leben bedeutet nicht, dass das Leben ewig dauert, sondern dass es dort gar keine Zeit gibt, man sie gar nicht messen kann, das heißt, dass es auch kein Leben gibt. Wozu ist das Ganze dann gut? Damit das Glück unendlich ist. Auf der Erde ist es umgekehrt, es gibt die Zeit, es gibt das Leben, und mit dem Glück ist es so, dass der Mensch sich danach sehnt. Jeder Mensch. Auch die Sehnsucht ist gut. Manchmal ist sie schlecht, aber meistens gut. Und manchmal ist auch das Schlechte gut. Es schmerzt, aber es ist gut. Doch besser ist es, wenn es nicht schmerzt. Meine ich. Das heißt, sowohl oben als auch unten gibt es Gutes. Das untere Gute nennen wir Jammertal, was zeigt, dass wir nicht anmaßend sein sollen. 13.

14. Das Jammertal bedeutet, dass wir vor Schmerz schluchzen. Es gibt also den guten Gott, den gütigen Gott, deshalb sagen wir auch »Grundgütiger«, und es gibt das Schluchzen auf der Erde, weil etwas schmerzt. Das bedeutet, das Gute und das Schluchzen, das kann man nicht verstehen. Dieses Rätsel ist Gott. Das heißt, wir sollen wirklich nicht anmaßend sein. Das ist Großmutters Lektion. Und noch: Auch wenn wir sterben und in den Himmel kommen, also Gott sehen, also ins Glück und so weiter, das muss man jetzt nicht ausführen, auch wenn, werden wir dieses Rätsel selbst dann nicht verstehen. Wir werden den Herrn von Angesicht zu Angesicht sehen, doch das Rätsel bleibt. Warum wir auf der Erde so viel jammern, wenn er so gut ist. Unendlich gut. Was mag dieses »von Angesicht zu Angesicht« sein? Von Tag zu Tag? Egal. Dabei interessiert es mich sogar sehr. Ich würde fragen, könnte ich fragen. Gottes Rätselhaftigkeit ist nicht wie ein Mantel, den er anzieht und auszieht. Das Rätsel liegt in Gott beschlossen. Auch das ist nicht richtig. Gott ist auch das Rätsel. Beziehungsweise ohne Rätsel ist kein Gott. Wenn sie an diese Stelle kommt, zuckt Großmutters Gesicht immer, ich weiß, sie denkt dann an ihren Sohn, und ich sehe ihre knorrige Hand, wie sie sich zur Faust ballt. Dann wäre ich lieber nicht an Gottes Stelle.

An der Stelle des einen Gottes. Denn es ist doch nicht so, dass Gott zweimal ist, der Vater oben und Jesus unten, sondern es ist nur einer. Die Zwei ist eins. Beziehungsweise ist noch ein dritter!, aber das lassen wir wirklich. Nur einer. Aber nicht »nur«, denn dieser eine, der ist überall und weiß alles. Allmächtiger, auch das ist sein Name, nicht zufällig. Jesus ist ebenfalls ein richtiger Gott, kein Halbgott oder Verwandter, doch da er vom Himmel herabgestiegen ist, ist er in die Zeit hineingekommen. Eingetreten. Die Zeit stelle ich mir vor wie einen Fluss. Zum Beispiel den Jordan. Dies ist der Anfang des Evangeli von Jesu Christo, dem Sohn Gottes und so weiter. Johannes in der Wüste und so weiter. Er teufet zur Vergebung der Sünden und so weiter. Und es ging zu ihm hinaus das ganze Jüdischeland und die von Jerusalem und liessen sich alle von ihm teufen im Jordan und bekenneten ihre Sünde. Die Zeit hatte zwei Folgen. Gott wurde uns ähnlich, das ist die eine. Nicht wir ihm, sondern er uns. Das ist eine große Sache von Gott, weil es bedeutet, dass er uns liebt. Auch wenn wir es nicht verdienen. Er stellt keine Bedingungen, er liebt uns einfach so und fertig. Deshalb gibt es Hoffnung, dass auch wir zu dieser Liebe fähig sind. Auch ich? Gott liebt so, wie die Sonne scheint. Ein Leuchten geht über Großmutters Gesicht, Freude. Sie zieht die vor Freude leuchtenden Augen zu einem Schlitz zusammen. Ihre Augen sind denen meines Vaters zum Verwechseln ähnlich. Ihre Augen sind gleich. Oder wie der Regen, so liebt er. Es gießt. Schüttet wie aus Eimern. Schauer, Sturm, Blitz, Donner. Bäume stürzen knarrend um, Häuser lodern in Flammen wie ein Blatt Papier, die Straßen sind von Schlamm überflutet. Die Großmutter holt keuchend Luft, ich höre es. 15.

16. Ich sehe die Sonne, den tosenden Sturm, ich sehe die brennenden Häuser, den Schlamm. Ich sehe die Blitze. Es muss aufregend sein zu lieben. Ich sehe die Falten auf dem Gesicht meiner Großmutter, auch du bist fähig zu dieser Liebe. Durch die Freude dringt die Schönheit der Welt in unsere Seele ein. Durch den Schmerz dringt sie in unseren Körper. Diese von Gott abgeguckte Liebe verlangt von Gott nichts, weder Liebe noch Gunst, nichts, nicht einmal Gegenliebe. Ich beginne mich zu langweilen. Dabei ist es aufregend, dass die Großmutter von Gott erzählt, obwohl Gott gar keine Geschichte hat. Das ist die andere. Wenn es keine Zeit gibt, gibt es keine Geschichte. Die Geschichte fließt wie der Jordan. Es gibt keine Zeit, es gibt das Unendliche. Das Unendliche ist überwältigend, aber es hat keine Geschichte. Deshalb kam er vom Himmel herab und ward Mensch. Ward, sagt Großmutter. Sie wohnt nicht bei uns, sie dürfte uns auch nicht besuchen, die Kommunisten erlauben es nicht. Sie ist den Kommunisten nicht böse, doch sie pfeift auf das Verbot. Sanftmut und Herzensdemut, sie ist nicht sanftmütig, doch sie verfügt über eine Herzensdemut. Keinem Geschöpf Gottes ist sie böse. Bös', so sagt sie. Ist Mama auch Stalin nicht bös'?, fragte meine Mutter hinterhältig, er ist doch ein Mörder. Ein Mörder par excellence. Großmutter versteht jede Sprache. Dem Mord bin ich bös', mein Sohn, antwortete sie meiner Mutter. Die wie ein freches Kind die Achseln zuckte.

17.

Meine Mutter ist nicht wie ein Kind. Die Kinder sind fröhlich, höchstens manchmal müssen sie weinen. Meine Mutter weint zuweilen, selten, und ist meistens schlecht gelaunt. Traurig. Meinem Bruder zufolge ist das Glück nicht Freude und die Traurigkeit nicht Unglück. Wenn ich traurig bin, ist es nicht anstelle des Glücks. Vielmehr mit ihm zusammen. Es ergibt sich gewissermaßen aus ihm. Unser roter Luftballon! Wie er fliegt und auf die Erde zurücksinkt, das ergibt sich aus der gleichen Phantastik. Aus dem gleichen Wunder. Dir kann ich das natürlich erklären, mein kleines Taubstummerchen. Die Gastgeber, die Kulaken, stehen immer früher auf als meine Eltern. Nicht viel, aber immer. Ich wäre gern Kulak. Wenn ich groß bin, werde ich Kulak. Tante Róza, nicht Rózsa, Tante Róza, die auch meine Eltern Tante nennen, die Kulakin, fand es, als sie es bemerkte, sehr merkwürdig, dass meine Mutter nicht jeden Tag das Zimmer putzte. Der Staub ist ein großer Herr, sagte sie nur so in die Luft. Ich verheddere mich immer mit dem »der eine Gott«. Blieb, als er herabstieg, der Himmel leer? Verließ er alles für dreiunddreißig Jahre? War auch der Himmel von Staub bedeckt und waren in den Ecken Spinnweben? So wie es im Himmelreich keine Zeit gibt, gibt es auch keinen Raum. Also auch keine Spinnen. Das ist gut, denn dann gäbe es das Durcheinander, wer der größere Herr ist, die Spinne oder Gott. Kreuzspinne, ich kichere. Kichern ja, sprechen nicht. Im Himmel gibt es nichts, nur Glück. Trauriger, glücklicher Gott, auch er.

18. Väterchen Stalin hat Gott geklaut, sagt Onkel Ágoston, denn Stalin ist gestorben und die Einweihung der wiederaufgebauten Kirche ausgefallen. Er lacht, sein Fett bebt. Er ist im eigenen Fett verschwunden. Ist Fett ein Mensch? Was wäre ein fetter Jesus? Einer mit Wanst und Doppelkinn. Mit großem Arsch, aber so dürfen wir nicht reden. Und bis wohin geht dann das Fett, bis wohin Christus. Wo fange ich an? Beziehungsweise wo höre ich auf? Der Blöde Józsi verkündet lachend, ich beginne bei Hatvan. Man versteht es nicht, aber alle lachen darüber. Onkel Ágoston lacht, als wäre er betrunken. Im Betrunkensein kannten wir uns aus. Alle Kinder vom Dorf. Wir schämten uns nicht für unsere Kneipenväter, wir waren auch nicht stolz auf sie. Sie betranken sich, was sonst. Die Erde dreht, Vater betrinkt sich. Und meiner Meinung nach dreht sich die Sonne um die Erde, aber das ist vom Standpunkt des Betrinkens aus betrachtet egal. Das Lachen wurde zum Kichern, er kichert in die eigenen Worte hinein, als stottere er, dehen geheklauhauten Kraham muhuss mahan zuhurühückgeheben. Das Dorf ist voller Angst. Doch das sagt keiner. Dieser Hund ist voller Flöhe, das habe ich schon gehört. Flehe, so. Auch meine Eltern sind voller Angst. Ich glaube, ich habe gewonnen!, so jauchzt meine Mutter eines Morgens, ich habe an mir dreiundzwanzig *Fleh*bisse gezählt. Ich war es nicht, sagte mein Vater und grinste wie ein Schuljunge. Die Gastgeber schwiegen gewichtig. Sie hatten noch niemanden gesehen, der Flohbisse gezählt hätte. Meine Eltern haben auch vor mir Angst. Nicht vor mir, vor meiner Stummheit. Wo beginnt meine Stummheit und wo beginne ich? Auch ich habe Angst vor meiner Stummheit, deshalb bete ich innerlich ständig.

19.

Man kann ohnehin nur innerlich beten. Ich betrachte das morgendliche, rosafarbene Jesuskind nicht gern. Statt Silber wie verdünntes Blut. Das Blechdach des neuen Kirchturms wirft das blassrote Sonnenlicht in unser Zimmer zurück. Etwa bis zehn, dann kriecht das Rosa von dem Kind. Kleinkind, sage ich überheblich, als wäre ich stärker. Sein großer Bruder, der es beschützt. Gut, dass ich einen großen Bruder habe. Wer keinen großen Bruder hat, ist allein. Mein großer Bruder hat keinen großen Bruder, daran habe ich noch nicht gedacht. Wohl aber daran, dass Gott allein ist. Er ist allein, wenn ich nicht bete. Der einsame Gott ist gefährlich. Auf jeden Fall unberechenbar. Die Gastgeber haben nicht gewagt, das Kreuz aufzuhängen. Meine Mutter schlug es, ohne zu überlegen, mit einem Nagel an die Wand, bei uns ist es sowieso schon egal, sagte sie. Das versteckte Kreuz von Tante Róza und ihrem Mann ist viel schöner, Messing, und es leuchtet wie Gold. Es wäre gut für die Geheime Schatzkammer. Das darf man wirklich nicht klauen. Schade. Tante Róza macht mit einem Fingerhut Löcher in die Linzer Augen. Das Fingerhutende war abgenutzt, man hat es abgeschnitten, so geht es. Man muss den Platz für die Marmelade ausstechen. Lochen. Der Fingerhut ist sehr schön. Wir fragen Tante Róza, ob wir ihn bekommen. Und wozu brauchen die Herrschaften ihn? Sie redet uns gern mit »Herrschaften« an, so lacht sie über uns. Ich will ihn. Er soll uns gehören, sagt mein Bruder. Schon gut, aus den Herrschaften würden gute Bauern. Doch sie gibt ihn nicht her. Ich werde ihn klauen. Doch man darf nicht klauen. Unser Kruzifix ist aus Holz. Altes Holz. Steinaltes. Ein Riss läuft über die Brust und den Kopf. Er hat sogar Zähne. Geschnitzte. Jeder Zahn ist einzeln herausgeschnitzt. Man kann ihm beinahe in den Mund hineinschauen. Das hätte ich nie gedacht, dass ich in Jesu Mund hineinschaue. Luláta beißt, schrie ich stumm, als ich es zum ersten Mal sah, und rannte schluchzend weg. Die Erwachsenen zuckten vergnügt die Achseln. Als würden sie fragen, wer ist dieser Luláta? Ich freue mich oft, bin aber selten vergnügt.

20. Freude, Fröhlichkeit sieht man bei meinen Eltern selten. Wegen der Müdigkeit und der Angst. Sie haben auch Angst vor Gott. Ich höre, wie mein Vater nachts im Bett ängstlich sagt, Gott wird dich schlagen. Ich habe nicht gezählt, aber meine Mutter hat vor weniger Dingen Angst als mein Vater. Zwar ist es kein Beweis, doch hat sie keine Angst vor meinem Vater, zum Beispiel. Mein Vater hat Angst vor meiner Mutter. Er ist in sie verliebt, sagt mein Bruder. Wir haben uns den linzerlochenden Fingerhut doch beschafft. Er glänzt nicht, auch wenn mein Bruder ihn auf dem Boden gegen die Sonne hält und dreht. Er steckt ihn sich auf den Finger wie einen Ring. Toll. In Wahrheit ist das gar kein Diebstahl. Wir betreiben keine Wortklauberei. Das muss gerade ich sagen. Unsere Mutter ist in ihren ersten Mann verliebt. Der im Krieg gestorben ist. Den Heldentod starb. Das haben sie geschrieben, aber Pustekuchen! Er wurde abgeknallt wie ein Hund. Im Viehwaggon weggebracht. Hund, Vieh, Mensch. Der Vater meines Bruders. Anfangs dachte ich, große Brüder hätten immer einen anderen Vater. Nur so kann jemand ein großer Bruder sein. Dem ist nicht so. Meine Mutter mag meinen Vater, sie ist dankbar, dass sie nicht allein ist. Mein Vater will nicht zur Kenntnis nehmen, dass es so … banal ist. Du wirst einsehen, dass du mich liebst!, schreit er. Aber ich liebe dich doch, meine Mutter lacht unwirsch und dreht sich zur Wand. Ich halte mir die Ohren zu. Ich habe das Gefühl, sie prügeln sich, so hört es sich an. So schlimm.

21.

Schlimm, Großvater ist gestorben. Der Tod ist schlimm. Und der Tod schlimmer Menschen? Es wäre besser, wenn keiner sterben würde. Und die Alten sind hässlich. Und riechen schlecht. Gut, dass ich nicht die Entscheidung treffe. Es ist gut, taubstumm zu sein. Wenn ich mir die Ohren zuhalte, sehe ich besser. Mein Bruder wacht nachts niemals auf. Er rührt sich nicht einmal. Nie ist es völlig dunkel, etwas kann man immer sehen. Und wenn es seine Fußrücken sind. In der Wiege war es besser. Kopf an Fuß zu schlafen bedeutet, dass es jeden, aber wirklich jeden Abend heißt, deine Füße stinken aber. Ich rieche seine, von so nahem geht auch nichts anderes, sie riechen nicht. Doch zu mir sage ich, wer das sagt, der stinkt. Ich sage es immer, obwohl er mir dann einen Tritt versetzt. Ich sage es innerlich, dennoch hört er es. Aber er tritt mich von außen. Es schmerzt. Ich nenne verschiedene Dinge Gebet. Zum Beispiel auch diesen Schmerz. Ich bringe diesen Schmerz dar. An meiner Großmutter ist alles Gebet. Ihr Atmen, ihre Falten, ihr schwarzes Kopftuch, ihre primitive und drollig laute Herrenarmbanduhr, ihre hohen Schnürschuhe. Auch im Sommer. Ob es ein Sommer- und ein Wintergebet gibt? An ihr ist alles Gebet, weil sie glaubt. Auch ich glaube, aber bei mir ist es umgekehrt, ich bete, um zu glauben. Glaube ich. Damit jemand ist, an den ich glaube. Damit Gott ist. Deshalb muss ich ständig beten. Wie der Herzschlag, ohne auszusetzen. Auch nachts, im Schlaf. Deshalb bin ich unruhig, damit auch ja kein Augenblick ausfällt. Die Großmutter nicht, ganz im Gegenteil, sie ist sehr ruhig. Gott beruhigt sie.

22. Du sollst den Namen des Herrn, deines Gottes, nicht missbrauchen; denn der Herr wird den nicht ungestraft lassen, der seinen Namen missbrauchet. Ich soll ihn nicht missbräuchlich in den Mund nehmen. Doch ich nehme ihn gar nicht in den Mund, ich nehme kein Wort in den Mund. Ich spreche innerlich. Auch Gottes Namen nenne ich innerlich. Nicht im Herzen oder in der Seele, die Sache ist einfacher. Im Hals oder in den Backentaschen. Mein Hals vereitert auch ständig. Dieses Kind verfault, sagt meine Mutter ungeduldig. So etwas sagt sie über meinen Bruder nicht. Auf ihn scheint das Licht der Liebe meiner Mutter zum Vater meines Bruders. Im Zusammenhang mit mir gibt es keinen so schönen Satz. Auf mich scheint höchstens das rosa Morgenlicht vom lächelnden Jesuskind. Doch deshalb wird mich keiner mehr lieben. Warum reicht es nicht, dass Gott mich liebt? Darin wäre die Liebe aller enthalten. Großvater, den Vater meines Vaters, hat ein Traktor überfahren, so ist er gestorben. Der Traktor hat ihn in die Erde gestampft. Die Großmutter ist zu uns gezogen. Ihretwegen muss das Zimmer umgeräumt werden. Kümmert euch nicht um mich. Doch das nimmt keiner ernst, vor allem meine Mutter nicht. Gereizt schiebt sie das Nichts um Großmutter herum. Mein Vater nickt nur noch beim morgendlichen Gläschen, auf die unendliche Macht des Schicksals, Onkel Ágoston, und kippt, ohne groß zu bremsen, den Schnaps hinunter. Unseren täglichen Schnaps gib uns heute. Niemals missbräuchlich, aber immer, so stehe ich mit Gottes Namen. Niemals missbräuchlich. Am Morgen zum Jesuskind, dann zum Christus am Kreuz, so vergeht der Tag, bei Sonnenuntergang zum großen Gott, vor dem Schlafengehen wieder zu dem silbernen Bild. Das ist *ein* Gebet, dasselbe Gebet. Es ist ein Gebet.

23.

Mári sage ich nicht, dass ich bete. Ich denke an meine Stummheit wie ans Sprechen. Wie ans richtige Sprechen. Mein kleines Taubstummerchen. Die Großmutter spricht von Gott, ihre Geschichten handeln von Christus. Mári spricht zu sich über mich. Doch auch das Bild über meinem Bett fließt mit ein. Das Jesuskind scheint aus Silber, doch sein Jüpchen ist es sicher, mit feinen, geschmiedeten Silberspitzen. Sie stellt sich vor meinem Bett auf, über mir. Sie betrachtet das Bild, von ganz nahem, so wie alte Menschen lesen. Nicht gucken, mein kleines Taubstummerchen. Du bist taub, ich sage, was ich will, du bist stumm, ich kann schweigen, solange ich will. Danke, mein Kleiner. Guck nur, mein kleines Taubstummerchen. Schau sie dir an. Noch keiner hat sie gesehen. Die Taubheit bringt alle in Versuchung. Es ist amüsant, dass einer nicht hört, witzig. Als wäre er ein bisschen blöde, denn ich spreche ja zu ihm, aber er hört es nicht. Entweder blöde oder frech. Impertinent, zischt meine Mutter. Mári zweifelt nicht an mir, sie mag mein Schweigen. Meine Mutter macht sich entweder Sorgen deswegen oder sieht darauf herab, mein Vater bemüht sich, es nicht zur Kenntnis zu nehmen. So vieles muss er nicht zur Kenntnis nehmen. Eine Liste. Im Wesentlichen sein Leben. Mári mag mein Schweigen, mein kleines Taubstummerchen, ich weiß gar nicht, ob du es überhaupt bist. Sie mag mein Durcheinander. Wo ist deine Seele, mein Kleiner? Sie fasst mich gern an, das?, ist das deine Seele? Sie spielt mit mir. Mein Herz ist feige. Feige und frei.

24. Wie bitte? Was heißt hier frei? Es steht Ihnen frei, sich zu freuen. Die Polizisten lachen. Zuvor hat mein Vater, warum, weiß ich nicht, zu ihnen gesagt, er sei ein freier, ungarischer Staatsbürger, ein fleißiger Arbeiter, man solle ihn in Ruhe lassen. Frei also! Sie sind frei, zu tun, was wir sagen. Ihre Gürtelschnallen glänzen völlig gleichförmig. Wie gut wären die für die Schatzkammer! Und die dürfte man auch klauen! Der neueste Streich des unbekannten Gesetzesbrechers namens Robin Hood, sagt mein Bruder später lachend. Die Polizisten sehen einander an und sagen gemeinsam, als sagten sie ein Gedicht auf, frei und verfickt! Als hätten sie es geübt, und stolz blicken sie in die Runde. Man müsste applaudieren, aber ich wage es nicht. Auch ich kann Angst haben. Woche für Woche kamen sie zur Kontrolle, ich weiß nicht, was sie kontrollierten. Der gesenkte Kopf, vor allem Männer, das sah ich vielleicht am häufigsten. Die Gastgeber sitzen mit gesenktem Kopf in der Küche auf den Hockern, still wie die Kinder. Wir spähen aus dem innenliegenden Zimmer. Als sähen wir ein Märchen. Beim ersten Mal sagte Tante Róza zu den Polizisten, lassen Sie das, Gyuri. Für Sie bin ich nicht Gyuri, und Tante Róza ist für mich nicht Tante Róza. Tante Róza ist ein Kulak, also ein Feind der Volksdemokratie. Und ich bin der Hüter der volksdemokratischen Ordnung. Bitte das zu verstehen, Tante Róza. Bitte nicht ins Wort zu fallen, Herrgott nochmal, so was aber auch. Ich weiß, ein Bild kann nicht sprechen, manchmal sehe ich dennoch hin, vielleicht spricht es ja. Ich erwarte etwas vom Jesuskind. Dass Jesu Stille spricht. Gotteskind. Auch ich bin Gottes Kind. Das kommt mir immer in den Sinn, wenn mein Vater betrunken ist. Manchmal wäre es besser, wenn nur ich Gottes Kind wäre, aber leider ist das jeder. Auch mein Bruder. Auch mein Vater ist Gottes Kind. Er kann es auch brauchen. Auch die Polizisten sind es, was doch ziemlich seltsam ist, verblüffend. Beziehungsweise Gott ist ziemlich seltsam, verblüffend. Mein Bruder sagt, unergründlich. Aber ich ergründe ihn.

Es ist gut zu ergründen. Großmutters Augen sind darin Meister. 25. Alle sieht sie so an, nicht nur mich. Übereile nichts, er wartet ab, wer du sein wirst, sagt sie wiederholt, nicht zu mir, nicht zu meinem Bruder, irgendwie zwischen uns. Aus irgendeinem Grund erschreckt uns das. Er wartet ab, wer ich sein werde. Ist das gut für mich? Ihr steht hier auf einem Haufen, Großmutter lacht, Gottes Haufen. Ich erinnere mich nicht, dass sie sonst lachen würde. Warum? Auch meinen Vater sieht sie so an, der sofort die Augen niederschlägt. Das zu sehen ist nicht gut, ich schlage auch die Augen nieder, um es nicht zu sehen. Wie ist es, wenn der Herr die Augen niederschlägt? Verlegen senkt er den Blick. Die peinliche Schöpfung. Genant, sagt meine Mutter. Sie senkt ihn übrigens nicht, sie blickt keck zurück. Die Großmutter versteht sich offensichtlich gut mit Gott, so viel unterhalten sie sich. Nicht dass ich mich nicht gut mit ihm verstünde, doch dazu braucht es ständiges Beten. Nicht dass es mir schwerfiele zu beten. Nicht dass Gott und das Wort sich nah wären. Es gibt große Momente der Stille. Ein wortloser Gott und das gottlose Wort, das ist die Stille. Großmutter ausgenommen ist Beten doch nicht wie Atmen. Dieses muss man nicht wollen. Man kann nicht nicht atmen. Hingegen kann man sehr wohl nicht beten. Ich habe es noch nicht versucht, aber ich weiß, dass es geht. Mein Bruder zum Beispiel portioniert es, morgens und abends und zum Essen. Tante Róza und ihr Mann tun es nur am Sonntag. Das ist die Zeit, dem Herrn zu geben, was dem Herrn gebührt. Meine Mutter ist beim Beten nicht aufmerksam, sie blickt blinzelnd hierhin und dahin, räumt dabei herum. Und mein Vater sieht aus, als weinte er, als könnte das Gebet nicht aus ihm heraus, als bete er zu sich selbst. Das ist am traurigsten. Ich verstehe sie alle nicht. Mári stellt sich leicht breitbeinig an mein Bett, geht nah an das Jesuskind heran und haucht, als wäre es ein Geheimnis, ganz leise auf das Glas des Bildes: Es ist kein Gott.

26. Es ist kein Gott. Ich habe keine Angst vor den Sätzen. Mein Bruder hat Angst vor ihnen, und er freut sich. Er kennt ein Spiel. Er sagt, lass uns heute böse sein. Und dann sind wir böse. Es ist nicht einfach, aber es hilft, sich eifrig zu bemühen. Oder lass uns gut sein. Und dann sind wir gut. Es ist leichter, gut zu sein als böse. Das Böse ist ein wenig interessanter, aber nicht viel. Auch das Gute ist interessant, weil es doch nicht so leicht ist. Es ist interessant, weil es kompliziert ist. Komplizierter als das Böse. Ich weiß auch nicht. Er ist besser gut als ich, und böser, das heißt besser böse. Siehst du, dass uns der Satz verändert. Das erkenne ich an. Und vom Aussprechen kann man doch erschrecken. Es ist kein Gott, laut – erschreckend. Ich habe es ausprobiert. Gott ist, nun, laut ist auch das erschreckend. Egal. Mit Mári zusammen tut es gut, Angst zu haben. Während ich keine Minute glaube, dass kein Gott wäre. Auch den Tod glaube ich nicht. In dem Sinn, dass mein Bruder oder ich zum Beispiel sterben könnten. Es gibt Ausnahmen, Tante Rózas kleine Schwester etwa ist sofort nach der Geburt gestorben. Sie ist an ihrem eigenen Speichel erstickt. Alle trugen damals Weiß, so hat Tante Róza erzählt, und bei »Weiß« fängt sie sofort an zu weinen, nicht bei »erstickt«, bei »Weiß«. Sie weint gar nicht, sie schnieft. Die Tiere sterben, das weiß ich. Der Tod der Tiere gehört zu ihrem Leben. So als streuten wir ihnen Körner hin, zum Beispiel.

27.

Ich schaue immer zu, wie die Küken aus dem Ei schlüpfen. Ich darf auf dem Hof spielen, nur in die Nähe des Hundes darf ich nicht. Er ist angekettet, er zeichnet einen Kreis um sich. Ich gehe nah heran, fletsche die Zähne. Ich denke, er versteht es. Er hat etwas verstanden. Das einzige Lebewesen, das meine Stimme hört. Er fletscht ebenfalls die Zähne. Gott versteht, was wir sagen. Ich wähle von den Küken eines aus, das erste oder das zweite oder das dritte oder das fünfte, und trete darauf. Als würde ich in Scheiße treten, nur das ist gut. Barfüßig. Wie Schlamm zerläuft … Ich weiß gar nicht, was. Das Küken? Das zukünftige Küken? Das gewesene Küken? Das ist kein Töten. Das Küken scheint es zu wählen. Es interessiert mich nicht, ich denke nicht darüber nach. Es ist einfach gut. Dann muss ich es verschwinden lassen. Zuerst steckte ich es ins Stroh oder verscharrte es im Gemüsebeet. Am sichersten ist es, es ins Plumpsklo zu werfen. Oder der Katze zu geben. Mit Gänseküken ist es noch besser. Sie quieken, wenn du sie ins Klo wirfst. Es ist auch leichter, sie unterzutauchen, doch ich tauchte sie nicht unter. Sie zu erwischen ist schon eine Jagd. Eine leichte Jagd, sie laufen im Gänsemarsch zum Bach hinunter und ich ziehe eines heraus, 1, 2, 3, 5, zähle ich von hinten. Mein Bruder ist der Erstgeborene, ich bin der Zweite, das heißt, wären wir Gänseküken, könnten auch wir an der Reihe sein. Mich verdächtigt keiner, ich bin ein unschuldiges Kind. Und mein Bruder verteidigt sich gut. Er redet und redet. Aus dem Jungen wird ein Anwalt, man sieht es ihm an. Über mich sagen sie so etwas nicht, sie haben keinen Schimmer, was aus mir werden könnte. Dass überhaupt etwas aus mir werden könnte.

28. Auch ich denke, dass aus mir nichts wird, denn ich bin auch schon jetzt etwas. Was, das interessiert mich nicht. Diese Dinge sind nicht nur ein Wort, würde mein Bruder sagen. Herkules, ein kleiner Herkules, sagen sie zu mir. Mein Bruder trägt eine Brille, deshalb kann er grundsätzlich kein Herkules sein. Wir sehen einander nicht ähnlich. Wie wir reden, das würde sich ähneln. Oft benutze ich in mir die Wörter so wie er. Nun, so haben wir sie gelernt, aus derselben Quelle. Ich bin braun, er blond. Kreolfarben, so sagen sie über meine Haut. Ich spüre meine Muskeln, sie sind da, ich muss nichts machen. Er macht täglich Frühsport. Ich gedeihe prächtig, so lacht er über sich. Er lacht gern über sich. Ich nicht. Er hat weiße Haut und auch Sommersprossen. Wäre ich nicht taubstumm, wäre ich schöner. Ich sehe, wie sie mich anschauen. Das ist der erste Augenblick. Dann fällt ihnen ein, dass ich nicht spreche, und das erschreckt sie. Als würden sie mich von sich abschütteln, erschaudern und sich abwenden. Als wäre ich ein Aussätziger. Gut, wenn man einen großen Bruder hat. Das ist, als könnten wir uns bei großer Hitze unter einen schattigen Walnussbaum stellen. Ich könnte eifersüchtig sein, aber ich bin es nicht. Nicht einmal so viel, um zu sagen, ich sei es nicht. Wegen des Hundes kann man sich nicht richtig unter den Walnussbaum stellen.

29.

Ein Walnussbaum steht auch draußen auf den Feldern. Früh nehmen meine Eltern meinen Bruder mit, binden ihn an den Walnussbaum, nicht mit einem Seil, mit Bindfaden, den knoten sie an seinen Knöchel und dann an den Baumstamm. Der Faden ist etwa zwei Meter lang. Ist das viel oder wenig? Er hat es erzählt, obwohl er sich geschämt hat. Selbst diese Promenadenmischung hat eine längere Kette als ich. Ich tröste ihn. Ich weine nicht, nur ein bisschen, sagt er. Für mich ist es gut, auf mich passt Mári auf. Sie spielt mit mir wie mit einer Puppe. Sie sind ärmer als wir. Als unser Haus. Beziehungsweise das von Tante Róza und ihrem Mann. Ich sehe die Armut, in ihrem Hof, in ihrer Küche. Doch vor allem am Tor kann man es sehen. Unseres ist schwarz gestrichen, die Zaunlatten sind nicht locker, das Tor ist leicht zu öffnen. Geht leicht auf. Und von der Straße her hat der Zaun einen Steinsockel. Máris wankt wie die Betrunkenen. Eine Zeitlang sah ich nur meinen Vater betrunken. Trink in Maßen, dann zählt die Menge nicht, so heißt es im Dorf. Mein Vater ist ein sogenannter trauriger Trinker. Der traurige Trinker ist gut, weil er nicht brüllt und nicht schlägt. Er hat zwei Nachteile. Der eine ist das Kotzen. Und zwar unerwartet, ohne jedes Vorzeichen. Das bedeutet, dass keine Schüssel da ist. Und wenn meine Mutter sie hinstellt, ohne ersichtlichen Grund, nicht wahr, dann verändert sich der traurige Trinker. Es gibt mehrere Möglichkeiten, die hyperaktive, brutale, schreiende, rasende, fluchende und der Mix aus alldem. Der andere Nachteil ist, dass der traurige Trinker seine Traurigkeit an die anderen weitergibt. Dann lieber das Kotzen. Dabei ist das Kotzen sehr schlimm. Der säuerlich bittere Geruch hängt noch am nächsten Morgen im Zimmer. Ein unerklärliches, bleischweres Hängen.

30. Die einzige unerklärliche Darbietung meines Vaters: Er kann stundenlang untätig herumsitzen. Wird im Sessel von der Nacht ereilt. Vielleicht ist er zu Fuß auf dem Karpatenkamm unterwegs, sagt mein Bruder. Ist wieder auf seinen Kameraden gestoßen, der sich in den Kopf geschossen hat. Spielt als kleiner Junge im Labyrinth der Holzstapel. Macht den Frauen den Hof. Animiert wieder und wieder die Freundin seines jungen Kollegen zum Handstand, wobei ihre Brüste aus dem Badeanzug quillen. Oder bereut schon, bereut dort im Sessel, dass er meiner Mutter das Blaue vom Himmel versprochen hat, dass er sie nicht glücklich macht. Mein echter, guter Vater: Wenn er mich auf den Sitz des Fahrrads setzt und zur Mühle mitnimmt, ist auch die Panne kein Problem. Hat er im Wasser das Loch gesucht, das die Blasen wirft, klebt er sorgfältig den Schlauch. Er kann das Fahrrad in Teile zerlegen und zusammensetzen, er beherrscht es vollkommen. Der Radfahrer, sagt mein Bruder, als wäre mein Vater nicht sein richtiger, guter Vater.

31.

Gott sei Dank ist keiner hier, sagt meine Mutter, dabei bin ich da. Mein Vater ist mit Péter schon vorausgegangen, Hand in Hand wie Kinder. In der Küche kurzes Innehalten, Gläschen, Guten Morgen, als stünden sie auf einem Fließband. Beim Dreschen habe ich ein Fließband gesehen. Es ist verboten, sich daraufzusetzen. Dabei scheint es in den Himmel hinauf zu gehen, zu Gott im Himmel. Wenn wir das Band von unten sehen. Gott und LPG. Zu schön, würde mein Bruder lachend sagen und mir eine leichte Kopfnuss geben. Meine Mutter sieht die eintretende Mári mit strahlendem Gesicht an. Halte dich gerade, flüstert sie ihr sanft zu, Gott sei Dank ist keiner hier. Und mein kleines Taubstummerchen? Sag das nicht mehr. Das Gesicht meiner Mutter verhärtet sich, sie rennt fast aus dem Zimmer, grüßt Tante Róza und ihren Mann nicht, geht meinem Vater und meinem Bruder hinterher. Der Papa ist krank, sagt Mári. Ihre Eltern sind alt, so alt wie Großmutter, fast. Wie kann das sein? Die Bauern sind älter als die Pester. Sie nimmt mich auf die Schultern. Trägt mich herum, niemals über den Zaun hinaus. Ich bin größer als alle. Kräftig fasst sie meine Knie, meine Schenkel. Ihre Hände sind heiß. Ich drücke sie mit meinen Schenkeln. Doch auch ihr Nacken strömt diese Hitze aus. Ich presse mich an ihren Nacken. Mein Körper kribbelt, vor allem am Bauch. Mári lacht, hey, wohin drückst du, was sagt deine Mutter, wenn sie das erfährt?! Meinst du, sie liebt mich? Wieder lacht sie.

32. Gott kann nicht lachen. Ich wäre nicht gern an seiner Stelle. Obwohl er alles, immer alles weiß. Auch dazu fällt mir ein, dass ich nicht gern an seiner Stelle wäre. Daran denke ich oft. Es ist besser, ein Mensch zu sein als Gott. Glaube ich. Wir sind in Gottes Hand, hat mein Bruder gesagt. Aber in wessen Hand ist Gott? Das Allwissen ist nicht ohne Risiko. Obwohl für ihn das »Wissen« und das »Alles« offensichtlich etwas anderes bedeuten. Ich würde sagen, es gibt, zum Beispiel, das blaue Wissen, meines, und es gibt das rote Wissen, seines. Ich b-wisse, er r-weiß. Für mich ist das Alles B-Alles, für ihn R-Alles. Was also hat das B-Alles mit dem R-Alles zu tun? Mit bebenden Schenkeln an Máris heißem Nacken bete ich nicht. Wenn ich nicht bete, ist kein Gott. Das »ist kein« kann man im »ist kein« nicht erkennen, erst hinterher, im »ist«, wenn das »ist kein« vorüber ist, doch als ich bemerkte, dass ich nicht betete, machte ich mir keine Sorgen, denn die Großmutter betet immer, an ihr ist alles Gebet. Dennoch bin ich entsetzt, was ist, wenn ihr Gott nicht derselbe ist wie meiner? Wenn ich einen blauen Gott hätte, einen B-Gott, und sie einen Großmutter-Gott, einen G-Gott? Doch wenn es zwei Götter gibt, warum dann nicht drei? Und wenn drei, was spräche gegen einen vierten? Kann es sein, dass der Mensch so zählen gelernt hat? Auf diese Weise kann jeder einen eigenen Gott haben. Wie der Gemüsegarten. Und mit der Geburt würde ein neuer Garten geboren. Petersilie, Möhre, Kohlrabi. Pfingstrose. Tante Róza hat Pfingstrosen in den Gemüsegarten gepflanzt. Sie macht alles so, wie es sein muss, wie es üblich ist, wie man es sagt. Das ist die einzige Pflanze in ihrem Leben, die Pfingstrose. Ach, und das Baiser.

Sie sagen, Herr Doktor, es schmeckt nach nichts? Auch mein Mann sagt das. Na, heben Sie es nur hoch! Es hat kein Gewicht! Und sie lacht. Sonst nie. Doch sie kennt weiter nichts, was kein Gewicht hätte. Sie kennt nur das Gewicht. Auch sie mag einen Gott haben. Arbeit, Arbeit, Arbeit. Und Pfingstrosen, und manchmal ein Baiser. Es ist nicht gut, wenn in jedem Strauch ein Gott wäre. Das würde zu sehr dem Menschen ähneln. Ein Schutzengel, den wiederum braucht jeder. Ohne Schutzengel wäre es doch ziemlich schwer. Wäre die Mári nicht so dick, könnte sie mein Schutzengel sein. Der Schutzengel ist rank und schlank. Mári sagt, es stimmt, sie flüstert, es ist kein Gott. Auch der Blöde Józsi sagt das. Er steht immer vor der Kneipe, winters, sommers, mittags, nie in der Kneipe, doch er geht auch nicht von da weg. So scheint es. Er erinnert sich an nichts, nur an das eigene Unglück. Was ist, wenn auch die vielen »ist-kein-Gott« verschieden sind? Máris »ist-kein-Gott« kann kaum derselbe sein wie der des Blöden Józsi. Mein Bruder ist klüger als ich. Es ist gut, klug zu sein. Doch ich kann diese Zusammenballung leiden, die zuweilen in meinem Kopf ist. Innen ist mein Kopf wie die Pfingstrose. Einmal sagte mein Bruder, die Pfingstrose sei nicht schön, sondern besser als das: sie sei kompliziert. Dieses Gottzählen ist ebenfalls wie eine Zusammenballung. Vielleicht wegen der Unendlichkeit sein. Mit der Unendlichkeit kann man nur schwer etwas anfangen. Das »sehr viel« ist hier wenig, dabei ist das »sehr viel« sehr viel. Der Gedanke ist kalt, die Zusammenballung warm. 33.

34. Die Hand meines Vaters ist warm. Die meiner Mutter kalt, aber auch das ist gut. Meine Mutter zieht mich immer. Schleppt mich wie ein Gewicht. Meinen Bruder schleppt sie nicht, also ist er kein Gewicht. Ist ein Baiser. Mein Vater zieht mich nicht, er spaziert mit mir. Eher ziehe ich ihn, aber das ist kein Gewicht. Ich kann ihn gar nicht ziehen, ich tue nur so. Einen Berg könnte nur der Herrgott wegschleppen. Der Herr schleppt meinen Vater, lustig. In Ungarn gibt es keine Berge mehr, sagt meine Mutter, es gab sie, aber es gibt sie nicht mehr. In jedem Land gibt es einen Berg. Dann zeigt mir mein Bruder eine Landkarte, Holland, es gibt wirklich keinen Berg. Woher kommt diese Karte?, fragt mein Vater. Ich habe sie eingepackt, sagt meine Mutter. Mein Vater schweigt lange. Er scheint zu beten, doch es gelingt dem Armen nicht. Dann räuspert er sich wie ein, Verzeihung, aber wirklich wie ein Schwein. Warum zum Teufel, sagt er, warum zum Teufel hierher eine Europa-Karte? Er brüllt schon: Wozu Herrgott nochmal?! Fliegen, mein Herz, fliegen! Sie sagt es, als wäre sie verliebt. Die Berge sind braun. Auch in Ungarn gibt es Braun, nicht Dunkelbraun, aber doch Braun. Auch auf dem Berggipfel bin ich Gott nicht näher. Wenn er überall ist. Das aber glaube ich nicht, dass er auch im Klo ist. Man könnte viele solche Beispiele nennen. Denn wenn er in meinem Herzen ist, wieso sollte er nicht auch in meinen Eingeweiden sein? Doch so etwas sagen wir nicht. Obwohl ich schon gehört habe, in den Eingeweiden deiner Mutter wohnt der Tod. Gott ist irgendwie anders, er gleitet uns durch die Finger. Es ist Abend geworden, mein Vater ist in der Kneipe, meine Mutter mit Tante Róza bei den Pfingstrosen. Mein Bruder stürzt herein, an seinem Knöchel der Bindfaden wie eine Fußfessel. Er tobt. Er scheint systematisch das Zimmer liquidieren zu wollen. Schlägt es kurz und klein. Keuchend hält er inne, blickt sich heiter inmitten der Zerstörung um. Auf meine fragenden, erschrockenen Blicke sagt er: Was ich mache? Ich fürchte, du Hundsfott, ich fürchte, ich bete.

35.

Welcher von uns ist nun der Judas? Das Licht fällt heiligenbildhaft schräg in den Heuboden. Der Staub tanzt. Völlig egal, willst du? Und nach zween Tagen war Ostern und die Tage der Süßenbrot. Und die Hohenpriester und Schriftgelehrten suchten, wie sie mich mit Listen griffen und tödten. Sie sprachen aber, ja nicht auf das Fest, dass nicht ein Aufruhr im Volk werde. Und Judas Ischarioth, einer von den Zwölfen, ging hin zu den Hohenpriestern, dass er mich verriete. Da sie das höreten, wurden sie froh und verhießen ihm das Geld zu geben. Und er suchete, wie er mich füglich verriete. Und am ersten Tage der Süßenbrot, da man das Osterlamb opferte, sprachen meine Jünger zu mir. Wo willst du, dass wir hin gehen und bereiten, dass du das Osterlamb essest? Und ich sprach zu ihnen, richtet für uns zu. Am Abend aber kam ich mit den Zwölfen. Und als wir zu Tische saßen und aßen, sprach ich: Wahrlich, ich sage euch, einer unter euch, der mit mir isset, wird mich verraten. Und sie wurden traurig und sagten zu mir einer nach dem andern: Bin ichs? Und der andere: Bin ichs? Ich antwortete und sprach zu ihnen: Einer aus den Zwölfen, der mit mir in die Schüssel tauchet. Zwar des Menschen Sohn gehet hin, wie von ihm geschrieben stehet. Weh aber dem Menschen, durch welchen des Menschen Sohn verraten wird. Es wäre dem selben Menschen besser, dass er nie geboren wäre.

36. Ich freue mich, dass ich geboren wurde. Das würde ich gern meinem Bruder sagen. Er erfreut sich am Schreiben. Er sagt, er schriebe auch, wäre er nicht geboren worden. Sein Heft hat er bei sich, er schreibt immer. Auch draußen auf den Feldern. Er ist angebunden wie ein Hund und schreibt. Er schreibt alles auf. Er hat es gesagt. Nur das Alles ist interessant. Er schreibt alles auf, was er sieht, mit offenen Augen, mit geschlossenen Augen. Er hat es gesagt. Mein Bruder merkt sich alles. Er ist scharfsinnig. Ich kichere, ich merke mir nur meinen Bruder. Es gibt diese Geschichte, sagt er. Ich will sie nicht kopieren, sondern Seiten hervorbringen, die mit dem Original übereinstimmen. Verstehst du, Hosenmatz? Nein. Und genauso ist es Schwachsinn, dass er auch schriebe, wäre er nicht geboren worden. Wie rührend. Aber wo? Sind wir auch dann in unserer Mutter, wenn wir nicht geboren werden? Auch die Geburt mag etwas mit der Unendlichkeit zu tun haben. Dann auch der Tod. Mein Bruder braucht Wörter, ich die Stille. Die schlechte Stille ist nur anstelle der Wörter. Das ist wenig, wortförmige Stille. Ich träume auch Wörter, es sind keine Albträume, aber es ist ermüdend. Auch Wörter, die ich nicht kenne. Zum Beispiel »füglich«. »Füglich« ist für mich gar kein Wort. Fick dich, das ist ein Wort. Mein Vater sagt selbst betrunken keine hässlichen Wörter. Selten. Fick dich, was hat deine Tante Róza für einen großen Hintern. Das zum Beispiel. Mein Bruder schreibt die Geschichte. Vielleicht ist das nicht erlaubt. Am Ende wird auch Gott noch ein Wort. Eines unter den Wörtern. Wie »füglich«. Das gefällt mir nicht. Es kann natürlich sein, dass es keinen anderen Weg gibt. Eine Geschichte erzählt nur – ich weiß nicht.

– wer glaubt, eine Geschichte erzählen zu können. Ich krieche 37.
fast hinein, aus solcher Nähe betrachte ich den am Kreuz hängenden Körper. Er ist von Nägeln durchschlagen, das Handgelenk und der Fußrücken. Rote Farbe ist aufgetragen, das ist das Blut. Auf dem Kopf eine Dornenkrone, auf dem Gesicht Blutstropfen. Ich würde sie abkratzen, doch ich habe Angst, ihn anzufassen. Gottes Sohn, das ist gefährlich. Ich stehe auf dem Bett, ebenfalls breitbeinig, ich muss lachen. Auf dem Jesuskind finde ich keine Wunden. Gott abzuzeichnen wäre nicht erlaubt. Es wäre, als sähen wir einen Tiger als Hund. An der Kette, das Haus hütend. Die Großmutter hat Bücher. Stinkebücher, sagt meine Mutter und verzieht das Gesicht, so heißen sie. Sie riechen nach Schimmel. In einem von ihnen habe ich ein wunderschönes Tier gesehen. Es heißt Gepard. Würde ich es wagen, stellte ich mir Gott so vor. Ein Gepard an der Kette, das gibt es nicht. Man sieht es auf dem Bild. Ein Gepard, der das Haus hütet: gibt es nicht. Auch im Zirkus gibt es keinen Geparden. Einen Tiger gibt es, aber schon das ist unglaublich. Oder es ist kein richtiger Tiger, nur ein Zirkustiger. Z-Tiger. Und wieder, was hat der Tiger mit dem Z-Tiger zu tun? Dabei ist der Tiger nicht unendlich. Doch überall scheint ein wenig Unendlichkeit zu sein. Ein wenig Gepard. Mein Bruder hat einen Gepardbleistift. Gepardmuster. Aber vielleicht auch Giraffe. Das Leiden auf Christi Gesicht ist noch unendlich. Denn dort ist auch das Leiden aller Menschen. Es ist schwer zu messen. Und wie verhält sich das Leiden von Tante Róza zu dem meiner Mutter, das R-Leiden zum M-Leiden? Ich gelange immer an denselben Punkt. Ständig wird jemand geboren, und dann kommt sein Leiden zu Christi Leiden hinzu. Wie groß auch immer also die Zahl ist, die ich sage, Christi Leiden wird größer sein. Denn wer stirbt, dessen Leiden bleibt dort am Kreuz. Es ist zu sehen.

38. Die Sonne ist noch nicht einmal am Himmel, nur ein schmutziges Licht fällt durchs Fenster herein, eher von der Seite als von oben. Ungewaschenes Licht, Mári kommt, sie kann kaum die Augen offen halten, schläft gleich ein. Der Schlaf hängt ihr auf dem Gesicht wie das Leiden am Kreuz. Immer wieder bleibt sie stehen, als wäre ihr schwindelig, glotzt wie ein kleines Tier. Kühe glotzen so. Ich betrachte deren Augen immer aus großer Nähe. Muh. Als würden wir uns unterhalten. Auch das muss Gott sich anhören. Jeden Schwachsinn, er hat keine Wahl. Kühe haben große Augen, wie kleine Erdkugeln. Die der Pferde sind schöner. Die der Hunde sind nach denen der Menschen am schönsten. Am widerlichsten sind die der Hühner. Irgendwie stinken ihre Augen. Mein Vater murmelt krächzend etwas Grußartiges, geht mit gesenktem Kopf in den Tag. Neben ihm mein Bruder wie ein Schutzengel. Ein strenger und machtloser Schutzengel. Eine schlechte Mischung. Meine Mutter ist am lebendigsten. Márilebendig, so nenne ich es, Má-lebendig. Mein Hühnchen, du ersäufst ja in deiner Schläfrigkeit, und sie schlägt Mári leicht auf beide Wangen. Ich tätschele dir das Schnäuzchen, das Schnäuzchen. Doch lieber küsst sie es. Das Schnäuzchen, das Schnäuzchen. Wir müssen los, ertönt es aus der Küche, und alle gehen. Für Tagelohn hacken, Möhren stechen, ernten, wurmstichiges Getreide aussortieren. Ich bleibe mit Mári allein. Mit ihr beginnt der Tag, so sind die Tage gut. Ich schlafe oder tue so, als schliefe ich, oder ich bin wach oder tue so, als wäre ich wach. Zwischen beidem gibt es keinen Unterschied. Ich spüre ihn nicht. Ich spüre nicht, dass ich bin. Hier kommt Gott ins Spiel. Warum glaube ich, dass er ist? Weil ich glauben will, dass ich bin.

Wenn wir nicht glauben, dass wir sind, dann ist alles möglich. Von dem »alles« sind wir gerührt, vor dem »wir sind« erschrecken wir. Wir glauben, haben wir es mit dem »alles« zu tun, dann ähneln wir schon Gott. Dann sind wir Gottes Kinder. Dann zeigt das »alles«, Gott habe uns ihm zum Bilde geschaffen. Doch es ist nicht gut, wenn alles möglich ist. So betet mein Bruder. Das Gebet ohne Worte ist das wahre Gebet. Das Wort zieht uns auf die Erde. Das Wort gehört dem Menschen. Meinem Bruder. 39.

40. Wenn alles möglich ist, dann stelle ich mir vor, ich bin zuerst alt und dann immer jünger. Ich sehe vor allem meinen Körper, auf ihm die Falten. Am schlimmsten sind die Falten meiner Mutter, man sieht, meine Mutter hasst sie. Ich haaasse sie, sagt sie mit langem a. Sie sind kaum sichtbar, sind voller Puder. Auf dem Gesicht meines Vaters gibt es zweierlei Falten, auf der Stirn und zu beiden Seiten des Mundes. Die Klugheitsfalten und die Traurigkeitsfalten. Eher Verzweiflung, Verzweiflungsfalten. Ich weiß, warum er verzweifelt ist. Weil er sein Leben nicht findet. Er hat es gesagt, ich habe es gehört. Ich habe im Dunkeln gehört, dass er weinte und sagte, wo ist mein Leben, sagen Sie es mir doch, wo ist mein Leben. Und ich hörte meine Mutter, wie sie ihn beruhigte, so wie mich. Schschsch, ruhig, mein Leben, nur ruhig. Das sagte sie immer. Einmal schrie mein Vater: Was lügen Sie mir hier zusammen, ich bin nicht Ihr Leben! Sie wissen das am besten. Am schönsten sind die Falten der Großmutter, sie sind eingraviert, nicht eingeritzt, und sie sind nicht von der Großmutter zu trennen. Die Falten meiner Mutter gehören nicht zu ihr, deshalb versteckt sie sie auch. In ihren Falten vergeht die Zeit hin zum Tod. Hin zur Angst. Ich habe keine Angst. Gott ist nicht da, sagt Großmutter, damit er uns den Tod erleichtert. Damit der leichter ist. Sondern damit er einen Sinn hat. Und er hat einen Sinn, wenn sein Tod einen Sinn hat.

41.

Meine Mutter mag die Sinnlosigkeiten. Etwas einfach so tun. Sie kommt vom Hacken, tritt in die Küche, macht einen Tanzschritt, ich sehe ihren Schleier, der hinter ihr herschwebt, glänzende Seide, er muss viel gekostet haben. Der Schleier wirft Licht auf unsere Gesichter, beinahe ist sogar das Orchester zu hören. Onkel Ágoston sitzt auf dem Hocker, er versteht kein Wort. Es gibt auch keine Wörter. In der Küche gibt es einen schlechten Spiegel. Manchmal schreibt meine Mutter mit Seife eine Nachricht darauf. Irénchen, bitte tun Sie das nicht. Wer hat so etwas schon gesehen?! Na Sie, liebe Tante Róza, na Sie. Tante Róza wird rot, als befürchtete sie, diese ganze Seifen-Sache sei ihretwegen. Jetzt spielt sie, dass sie Kopfschmerzen hat. Sie ist nicht hacken gegangen, ist am Tor umgedreht, hat meinem Vater und meinem Bruder hinterhergewinkt. Sie schickt Mári nach Hause, wie ein Erwachsener das Kind, nicht rücksichtsvoll. Mári tritt im Hof einen Kiesel. Jetzt ist sie hässlich. Ich will das gar nicht sehen. Meine Mutter zieht sich schnell um, zieht etwas Feines an. Puder, Rouge. Komm, sie fasst mich an der Hand. Doch es ist ein Geheimnis. Natürlich, mein Kleiner, du kannst Geheimnisse gut für dich behalten. Wir treffen uns mit Großmutter Eszter. Die Großmutter aus Eger, die Mutter des Vaters meines Bruders. Sie schickt immer Sauereingelegtes in großen Zehn-Liter-Gläsern, Paprika, Tomaten, Blumenkohl und winzige Melonen. Mein Vater versucht, nicht an sie zu denken. Wenn ihm das nicht gelingt, verhält er sich sehr dämlich. Sagen Sie, warum onduliert sich Ihre andere Schwiegermutter die Haare? Was weiß ich, ist es nicht egal? Eigenhändig, denn ich irre mich nicht, all das eigenhändig und wie geschickt. Meine Mutter hat sogar einen Hut gekauft. Sie zieht mich hinter sich her. Wir treffen uns vor der Post, so lange, wie der Regionalbus hält.

42. Eine Viertelstunde. Viertelstunden-Großmutter. V-Großmutter. V-S-Großmutter. Weil sie auch noch die Stiefgroßmutter ist. Ihr Haar ist bläulich wie das der bösen Fee im Märchen. Sie stinkt. Nach Parfum. Woher haben Mama diese den Verstand raubenden Parfums? Von drüben, mein Mädchen. Sie riecht nicht gut, aber ich mag, dass sie die Mama »mein Mädchen« nennt. So ist sie jetzt auch, wie ein Mädchen. Viertelstunden-Mädchen. Sie tätschelt mir das Gesicht, aber das hasse ich sehr. Ansonsten nimmt sie mich gar nicht zur Kenntnis. Warum hast du nicht meinen Enkel mitgebracht? Es ging nicht, Mama, ich bitte Sie, auch ich konnte kaum kommen. Großmutter Eszter zündet sich eine Zigarette an. Sie hat ein goldenes Feuerzeug wie ein König. Wie gut wäre das für die Schatzkammer! Sie raucht mit Zigarettenspitze. Wegen der Zigarettenspitze ist es, als wäre die Bushaltestelle, das Dorf, das ganze Land verschwunden. Und wir würden uns träumen. Oder wären in einem Film. Ich hoffe, mein Enkel ist nicht so … natürlich, ich kann es ruhig sagen, er hört es sowieso nicht, also ich hoffe, er hat keinen Dachschaden. Nicht, Mama, ich bitte Sie. Übrigens sehen sie einander ähnlich, nur ist der eine braun, der andere blond. Sie kommen von derselben Stelle, dann sollen sie einander wenigstens ähnlich sehen, und meine Großmutter beginnt heiser zu husten. Auch ihre Heiserkeit ist gut. So stelle ich mir die Stadt vor. Auf dem Dorf ist nur der Kranke heiser. Oder Tóni Kerekes, dem die Mähmaschine in den Hals geschnitten hat. Er umwickelt ihn mit einem rotgepunkteten Tuch. Es gibt also auch hier Heisere, aber keiner von ihnen ist heiter-heiser. Diese ondulierte (was bedeutet das?), blauhaarige, nach Parfum stinkende, mit Zigarettenspitze rauchende Großmutter, meine Großmutter, meine V-S-Großmutter, ist heiter-heiser. Auch ich nehme sie nicht zur Kenntnis.

43.

Auf einmal höre ich: Wenn mein Sohn umsonst gestorben ist, ist das Gottes Bankrott. Gottes Bankrott ist aber nicht der Tod Gottes, vielmehr der des Menschen. Schweigen Sie schon, Mama, ich bitte Sie, ich verstehe kein Wort! Und ob du verstehst! Ihr alle versteht! Ihr tut nur so, als verstündet ihr nicht. Schon gut, ja, ich verstehe. Ich verstehe und verstehe nicht. Verstehen Sie doch, ich kann nicht mehr an Ihren Sohn denken. Du Unselige! Freilich könntest du! Freilich verstündest du! Wir können nicht mehr damit rechnen, dass Gott uns errettet. Sie schnarcht beinahe, so tief holt sie Luft. Ihr Brustkorb schnaubt. Ihre Brüste sind größer als Máris. So alt und hat Brüste. Weder Tante Róza noch die andere Großmutter haben welche. Doch Güte hat auch ohne Gottes Allmacht einen Sinn. Und sag nie wieder, dass du nicht an meinen Sohn denken kannst. Fast gleichzeitig sagt sie eisig »du Unselige« und zärtlich »mein Mädchen«.

44. Was ist das, jemanden im Leben insgesamt eine Viertelstunde sehen? Viertelstunden-Verwandter, V-Verwandter. Seitdem die ordentliche Großmutter, die O-Großmutter, hier ist, passt sie auf mich auf. Nur Gott interessiert sie. Reizt sie. Wir haben mit Mári gefrühstückt. Es ist gut, mit ihr zu essen, weil man ihr ansieht, dass Essen gut ist. Ich mag nur essen, wenn ich hungrig bin. Dann ziemlich viel. Und ich bin oft hungrig. Schmalzbrot mit Zwiebeln. Es gibt einen Topf mit Bratfett. Man braucht nicht einmal Salz. Das andere muss man gar nicht sagen, alle sagen es, Backhähnchen. Hendl, verbessert mich mein Bruder. Hendl oder Hähnchen, ist das nicht egal? Er denkt zuerst an die Wörter, und die ergeben eine Sache. Auch ich weiß, was ein Hendl ist, dass es nicht brütet. Doch ich denke an das Backhähnchen, da ist es egal, ob Hähnchen, Küken, Hendl, wir wissen, woran ich denke. An das Backhähnchen. Mit der Großmutter kann man nicht ans Backhähnchen denken. Sie interessiert noch der Tod ihres Sohnes, doch ich glaube, auch das nur, weil da auch Gott irgendwie mit drinsteckte. Drinsteckt. Stirbt jeder Großmutter ein Sohn? Kann man nur auf diese Weise Großmutter sein? Warum lässt der Gott das zu?, das sagt sie nie. Eine kindische Frage. Mittels Gott interessieren sie zwei Dinge: die Gerechtigkeit und die Güte. Auf die Gerechtigkeit gehen wir jetzt nicht ein, die Güte bedeutet, dass sie immer allen helfen will. Nicht mir, nicht individuell, vielmehr der Güte an sich. Damit es mehr Gutes auf der Erde gibt. Nicht die eigene Güte beschäftigt sie, sie arbeitet an Gottes gutem Ruf. Da kennt sie keine Gnade. Doch es ist gut, wenn sie mir das Gesicht streichelt, dabei ist ihre Hand rau wie Sandpapier. Die Großmutter ist Sandpapier-lieb, S-lieb.

45.

Und dann traf sie der Schlag. Das ist das echte Sandpapier. Alle Geschichten widerfahren mir, sagt mein Bruder. Das ist Unsinn. Wenn ich es aufschreibe, widerfährt es mir auch. Dann schreib es nicht auf, ich starre ihn stumm an. Und wir kamen zu dem Hofe mit Namen Gethsemane und ich sprach zu meinen Jüngern: Setzet euch hie, bis ich hingehe und bete. Und nahm zu mir Petrum und Jacobum und Johannem und fing an zu zittern und zu zagen. Meine Seele ist betrübt bis an den Tod. Enthaltet euch hie und wachet. Und ging ein wenig fürbass, fiel auf die Erden und betet, dass, so es möglich wäre, die Stunde vorüberginge, und sprach: Abba, mein Vater! Es ist dir alles möglich, überhebe mich dieses Kelchs. Doch nicht was ich will, sondern was du willst. Und kam und fand sie schlafend. Und sprach zu Petro: Simon, schläfest du? Vermöchtest du nicht eine Stunde zu wachen? Wachet und betet, dass ihr nicht in Versuchung fallet. Der Geist ist willig, aber das Fleisch ist schwach. Und alsbald, da ich noch redete, kam herzu Judas, der Zwölfen einer, und eine große Schar mit ihm, mit Schwerten und mit Stangen, von den Hohenpriestern und Schriftgelehrten und Ältesten. Mein Bruder schreibt mit Bleistift, er bekommt sie von der Großmutter. Wie geht es weiter? Er spitzt sie mit einem Taschenmesser, auch das ist von der Großmutter, es heißt Schweizer Messer. Wenn wir groß sind, werden wir ein eigenes Taschenmesser haben. Großmutters altes Leben ist voller Dinge. Sie hat auch Bilder mitgebracht. Pferde trinken aus dem Fluss. Hässlich, aber wertvoll, meine Mutter zuckt die Achseln. Über Geschmack lässt sich nicht streiten, die Worte meines Vaters sind kaum zu hören.

46. Ich würde noch still bemerken, übrigens ein echter Pettenkofen. Wir wären klüger, würden mein Bruder und ich unseren Verstand zusammentun. Und noch den unseres Vaters hinzunehmen. Pettenkofen, Hosenscheißer!, würden wir vom Heuboden in den Himmel rufen. Und noch den von Tante Róza. Den verschlungenen Verstand des Herrn Pfarrer. Auch den der Polizisten, auch der ist verschlungen. Der verschlungene Verstand ist interessant. Es gäbe kein Halten. Am Ende wären mein Bruder und ich Gott. Beziehungsweise, wenn es eine Geschichte gibt, dann er. Und der Verräter hatte ihnen ein Zeichen gegeben und gesagt, welchen ich küssen werde, der ists, den greifet und führet ihn gewiss. Und da Judas kam, trat er bald zu mir und sprach zu mir: Rabbi, Rabbi und küsset mich. Und ich antwortete und sprach zu ihnen: Ihr seid ausgegangen als zu einem Mörder, mit Schwerten und mit Stangen, mich zu fangen. Ich bin täglich bey euch im Tempel gewesen und habe gelehret, und ihr habt mich nicht gegriffen. Aber auf dass die Schrift erfüllet werde. Und die Jünger verliessen mich alle und flohen. Faber-Castell steht auf dem einen Bleistift meines Bruders. Auf dem anderen ist keine Schrift, nur das Gepardmuster. Weißt du, was das Schönste ist, Hosenmatz? Wenn der Bleistift kürzer wird, wenn das Ende sich dem Anfang nähert. Die Bleistiftstummel muss (musste) man zurückgeben und die Großmutter legt sie in eine Metalldose. Auf der Dose balanciert eine Robbe auf einer schwimmenden Eisscholle einen gepunkteten Ball. Warum sammeln Sie sie? Als verlangte jemand die Zigarettenstummel. Der Blöde Józsi kann auch die kleinsten Stummel noch weiterrauchen. Dort erreicht das Ende den Anfang. Doch was soll das Ende der Geschichte sein?, mein Bruder kaut auf dem Geparden herum. Der Gepard ist schnell. Schnell wie ein Gepard.

47.

Ich laufe schnell zum Bach hinunter, um Wasser zu holen. Bestimmt ist das nützlich. Die Großmutter hat hinten im kleinen Garten gehackt. Tante Róza hatte eine Weile gejammert, das muss nicht sein, gnädige Frau, das muss nicht sein. Sie glaubte, die Großmutter wolle ihr helfen. Dabei ließ Tante Róza sie kalt, sie sah sie gar nicht richtig an. Witzig, wenn sie nebeneinanderstanden, waren sie einander sehr ähnlich: zwei Bäuerinnen, als hätten sie das gleiche Leben. Sie hackte, weil sie wusste, sie muss jetzt hacken, und dann wächst wieder dieses Güte-Ding in der Welt. Oder zumindest im Garten. Ich schaute ihr beim Hacken zu. Hacken ist schwer. Sogar den Kindern fängt der Rücken an zu schmerzen. Ich versuche nicht zu hacken. Wie willst du leben?, hat mein Bruder einmal gefragt. Er schwang den Bleistift und beugte sich sofort wieder über sein Heft. Ich verstand nicht. Doch im Stillen antwortete ich doch. Ich würde so leben wollen, dass ich niemals hacken muss. Bitte etwas Nützliches tun, und Großmutter blickte nicht einmal vom Hacken auf. Auch Zuschauen ist nützlich, ich glaube, alles ist nützlich, was mir widerfährt. Alles, Schlafen, Essen, Beten, Mári, alles. Doch nicht In-Gänsescheiße-Treten, das ist nicht nützlich. Unter aller Scheiße trittst du am häufigsten in Gänsescheiße. In Pferdescheiße tritt man nur, wenn man dämlich ist. Aber wenn sie getrocknet ist und du dann dagegentrittst, und wie dumpf, gelb schillernd der Staub fliegt … doch das ist keine Scheiße mehr. Sie riecht auch nicht. Freilich, die frische Pferdescheiße stinkt ebenso wenig. Aber auch dann ist es nicht nützlich hineinzutreten. Ich verwechsle das Gute mit dem Nützlichen. Nützlich ist, was für jemanden gut ist. Oder für alle? Die Großmutter denkt immer an alle. Dachte. Nur an alle. Ich fülle den Krug zur Hälfte, den vollen könnte ich nicht tragen. Auch so ziehe ich ihn an dem kurzen, steilen Ufer nach hinten gebeugt hoch, und eine Weile auch auf dem Pfad.

48. Der Pfad führt zu den Beeten. Ich drehe mich um, die Großmutter liegt zwischen den Beeten. Es ist erschreckend, wie sie auf den Setzlingen liegt. Sie hat die Setzlinge zerdrückt, niedergerissen. Das ist nicht nützlich. Das erschreckt mich wirklich. Ich renne hoch zum Haus, Mama!, doch niemand ist da. Auch Tante Róza ist im Laden. Also zurück, und jetzt schreie ich, Großmutter, Großmutter! Sie wäre fast in die Hacke gefallen. Ich stoße die Hacke zur Seite, sie ist wie ein Tier. Ein Krokodil, das Blatt der Hacke ist das tödliche Maul. Das halbe Maul. Großmutters Gesicht hat sich in die lockere Erde gedrückt. Gute, fette Erde, sagt Onkel Ágoston. Fett! Es ist, als hätte sie sie für sich gehackt. Auch der Großvater drückte sich in die Erde. Wird das immer so sein? Ich drehe sie um, ich bin erschrocken, habe aber keine Angst, ich sammele die Erdkrumen von ihrem Gesicht, kratze sie aus den Runzeln, aus den allerlei Falten. F-Großmutter. Falten-Großmutter. Sie sieht tot aus. Ich sehe, dass sie tot ist, reglos, sie hat auch die Augen geschlossen. Ihr Mund ist zur Seite verzogen, als wollte er vom Gesicht klettern. Ich knie neben ihrem Kopf. Die Erde ist weich, es ist gut zu knien. Die eine Gesichtshälfte hängt herab. Ich könnte sie zurückstreichen. Besser nehme ich ihr Gesicht zwischen meine Hände und richte so die beiden Hälften zueinander aus. Es springt zurück. Ich wiederhole es. Schön langsam ziehe ich meine Hand von ihrem Gesicht herunter. Wie die Kartenspieler, ich habe es gesehen. Mein Vater spielt in der Kneipe Karten. Er gewinnt immer. Langsam zieht er die Karte und zeigt, was darauf ist. Ob gut oder schlecht, es langsam erfahren. Ich kam, ich sah, sagt er, wenn er das Geld einstreicht, ich siegte, sagt er nicht, grinst nur. Dann betrinkt er sich und verliert alles. Dann sagt er, ich kam, sah und siegte, und wankt nach Hause.

Mir wankt nur die Hand. Sehe ich erneut die Schiefheit auf dem 49. Gesicht meiner Großmutter, hefte ich schnell wieder beide Hände darauf. Kräftiger, als ich dachte. Meine Hände klatschen auf dem Gesicht. Ich scheine mich mit der Schiefheit zu zanken. Ich ändere die Taktik, tätschele. Zum Leben tätscheln. Ich tätschele ihre Gesichtshälfte. Bitte lebendig werden. Ich bemerke gar nicht, dass ich laut spreche. Dass ich spreche. Dann mit beiden Händen. Ich muss erkennen, dass ich meine Großmutter immer stärker ohrfeige. Komm schon, schreie ich mehrmals. Meine Hände sind müde. Ich keuche, höre mein Keuchen. Wir sind allein. Irgendwie verschwindet das Alter aus dem Gesicht. Meine Hände ruhen dort. Dann rutschen sie müde herab, ich spüre den Knochen. Kinnlade, so habe ich es von meinem Vater gehört. Ich ergreife ihren Hals. Meine Hände sind klein. Wie eine Blume oder Efeu, so wachsen meine Finger, umranken den Hals meiner Großmutter. Ich drücke, lasse locker. Drücke, locker. Meine Daumen auf ihrer Kehle. Ich drücke sie. Lasse locker, drücke. Immer stärker. Mir ist warm, mein Gesicht brennt. Mein Herz klopft. Haben sich ihre Lider bewegt? Als wollte sie irgendwoher herauskommen. Wo es jedoch gut für sie ist. Ich drücke stark, ein Knacken. Als wäre der Himmel aus Eis, und er ist es. Ich schließe die Augen, ich will nichts sehen, nur mit meinen Händen. Auch das Welke spüre ich nicht, nur wie mein Blut pulsiert. Ich drücke, so sehr ich nur kann. Ich friere, mein Bruder hat die Decke von mir gezogen. Das Bett ist unbequem, ich keuche, vielleicht habe ich eingepinkelt. Es ist dunkel, doch ich weiß, das Jesuskind über mir lächelt. Wie kommt es dazu?

50. Und Petrus war da nidden im Palast, da kam des Hohenpriesters Mägde eine. Und da sie sah Petrum sich wärmen, schauet sie ihn an und sprach: Und du warest auch mit Jesu von Nazareth, also mit mir. Er verleugnet mich aber und sprach: Ich kenne ihn nicht, weiß auch nicht, was du sagest. Und er ging hinaus in den Vorhof und der Hahn krähet. Und die Magd sah ihn und hub abermal an zu sagen denen, die da bey stunden, dieser ist der einer. Und er verleugnet mich abermal. Und die da bey stunden, sprachen abermal zu Petro: Warlich du bist der einer, denn du bist ein Galiläer und deine Sprache lautet gleich also. Er aber fing an sich zu verfluchen und zu schwören. Ich kenne des Menschen nicht, von dem ihr saget. Und der Hahn krähet zum andernmal. Da gedachte Petrus an das Wort, das Jesus zu ihm sagte. Ehe der Hahn zweymal krähet, wirst du mich dreymal verleugnen. Und als er hinausging, weinte er. Er hub an zu weinen.

Hirnweinen. Das Hirn hebt an zu weinen. Ich mache Baisers. 51.
Tante Róza spricht, oder besser, sie murmelt vor sich hin, wobei sie mir den Kopf streichelt. Die Tränen überfluten das Gehirn und dann kahmt es. Platscht in Tränen. Wie der Sumpf. Wie jenseits der Mühle. Nachdem man Großmutter aus dem städtischen Krankenhaus zurückgebracht hatte, blieb die eine Hälfte gelähmt. Auch ihr Gesicht. Jetzt passe ich auf sie auf. Sie hat ständig Durst. Ich bringe ihr Wasser in einer Tasse. Das heißt zuerst im Deckel des Kruges, aus dem hier alle trinken. Nein, sie schüttelt den Kopf. Dabei gibt sie einen Laut von sich ähnlich dem »m«, wie ein Hund, der hustet. Ich setze ihr die Tasse an den Mund. Das Wasser rinnt an ihrem gelähmten Mundwinkel herab. Oder sie verschluckt sich. Sie könnte so sterben. Ich betrachte das an ihrem Hals herabrinnende Wasser. Das Wasser gleitet. Ihr Hals sieht aus wie in meinem Traum. Sie schaut, als wüsste sie, was ich geträumt habe. Als hätten wir zusammen geträumt. Gottes Traum, sagt mein Bruder, vielleicht träumt Gott uns nur. Das wäre nicht gut. Ich steige auf den Löffel um. Ich kippe das Wasser in einen Teller und löffele es ihr in den Mund. Es sieht ziemlich dämlich aus. Könnte sie lachen, glaube ich, würde sie lachen. So läuft ihr nur ein Schauder über das halbe Gesicht. Das Krankenhaus hat einen Rollstuhl mitgegeben. Ein Geschenk der Volksdemokratie, meine Mutter verzieht das Gesicht. In der Tat, sagt mein Vater. Man muss sie überallhin schieben. Oder nirgendwohin. Nur im Zimmer hin und her. Oder auf den Laubengang, in die Sonne. Lebendig tot, sagt meine Mutter gleichmütig. Ich will es nicht hören, ich höre nicht, wie mein Vater ihr zuzischt, deine Hurenmutter. Und meine Mutter lacht sich kaputt, es ist doch deine.

52. Das ist deins, sagt mein Bruder, wenn er mich schlägt. Ich bin bereits stärker als er, doch das wissen wir noch nicht. Eines Tages werde ich ihn am Handgelenk packen, nie wieder. Er wird mich ansehen, nicken, ich hoffe es. Mit der Lähmung der Großmutter und so weiter ist Gott fast aus dem Haus verschwunden. Auf meine Mutter und meinen Vater kann man nicht zählen. Überlebende, sagt mein Bruder. Er weint beinahe, ich verstehe es nicht. Laut Tante Róza muss man Gott in Ruhe lassen. Man darf ihn nicht ärgern, denn dann gibt es eins hinter die Ohren. Auch Beten ist Ärgern. Sie macht eine Kopfbewegung hin zu meiner Großmutter. Sonntags die Messe, das muss sein, damit er sieht, dass wir nicht unverschämt sind. Man muss Gott fürchten, so steht es geschrieben. Da man mit mir nicht sprechen kann, spricht man nicht viel mit mir. Aber wenn, dann so sanft, als spräche man mit sich selbst. Nur aufrichtiger. Egal, ob Gott ist, man darf nicht sagen, dass er nicht ist. Denn das ist Ärgern. Und die Antwort auf Ärgern ist Ärgern. Du zum Beispiel, du kleiner Unseliger. Was wäre, wenn sie mir daraufhin einmal nicht den Kopf streichelte? Ich werde lernen zu fluchen.

Scheiße. Ich übe. Das ist noch kein Fluchen, das Fluchen ist grö- 53.
ßer, weil auch Gott darin enthalten ist. Wohlan, Jesuskind, was zum Teufel ist denn los. Ich betrachte das Bild in dem silbernen Glanz. Das ist mein erstes Fluchen. Wohlan? Ich lächele zu dem Bild zurück. Vorher war ich in der Kneipe. Ich ging mit meinem Bruder unseren Vater nach Hause holen. Papa, das hat mein Bruder noch nie gesagt. In der Kneipe fanden wir ihn nicht. Den Wirt nennen sie König Feri. Er ist Mittelstürmer in der Fußballmannschaft des Dorfes. Freundlich sagte er, was zum Teufel ist denn los? Wir zuckten die Achseln, gingen nach Hause. Es ist gut, sich zusammen mit meinem Bruder herumzutreiben. Es ist gut zusammen. Doch es ist auch gut, ihm das nicht zu sagen. Sicher weiß er es. Dem Christus am Kreuz mit den Zähnen wage ich so etwas nicht zu sagen. Doch es fällt mir ein, ohne es zu wollen. Wenn es da in meinem Kopf ist, dann ist es da in meinem Kopf. Und dann bin ich nicht schuld, oder? Mein Vater ist mir nie böse. Meine Mutter ist es für ihn mit. Ihn interessiert nicht die Schuld, ihn interessiert der Fehler. Gibt es ihn oder gibt es ihn nicht? Es gibt ihn. Bist du auch für mich gestorben, Hurensohn?

54. Ich kann fluchen, doch ich fluche nicht gern. Gott verdammt, das ist Onkel Ágostons Lieblingsausdruck. Ich hasse ihn. Bekomme davon Brechreiz. Es ist, als tuschelte man hinter Gottes Rücken etwas Schlechtes über ihn. Ich fluche ins Gesicht. Oder ich fluche nicht, doch auch das nicht aus Angst, Gott könnte mich schlagen. Tante Róza verflucht so die Kommunisten, Gott wird sie schlagen. Man weiß nicht, wer die sind. Sie sind vor allem in Pest und in der Zeitung. Lesen Sie das, Herr Doktor. Die widerlichen Aaskrähen unseres Vaterlandes. Das soll ich sein, Gott verdammt. Tante Róza sagt es irgendwie sanft, fast freundlich. Mein Freund, hilf dir selbst, und auch Gott wird dich schlagen. Im Dorf ist man vor allem während der Arbeitszeit Kommunist, danach ein ordentlicher Mensch, man trinkt in der Kneipe. König Feri genau umgekehrt. Wenn er nicht mehr arbeitet, schreibt er, was in der Kneipe geredet wurde. Ein wachsamer Kommunist. Mein Vater meint, es sei so. Mein Bruder flucht nie. Er achtet auf seine Worte. Man redet einfach so, achtet nicht auf seine Worte. Er achtet auf sie. Hosenmatz, Hosenscheißer, das ist das Härteste, was er sagt. Und, mein Piepel. Er reibt mir den Rücken ab. Ich stehe in der Schüssel. Das ist dein Piepel, mein Piepel? Und er schüttelt ihn. Wenn mich meine Mutter wäscht, selten, schüttelt sie ihn genauso und sagt dazu noch, klingeling. Verflucht, sie spielen mit meinem Pimmel! Mein Piepel, ich weiß, du hörst es nicht, doch das hör dir an. Der Unterschied sind zwei Buchstaben. Was ist größer, Gott oder des Menschen Bosheit? Zwei Buchstaben und die Welt ist anders. Was ist größer, Gottes oder des Menschen Bosheit? Seitdem meine Großmutter schief ist, ist es still. Meistens still. Was wir sagen, vor allem ich!, zählt nicht. Und da geschah es. Eine echte Geschichte kann man nur erfinden, mein Piepel. Und bald am Morgen hielten –

55.

– die Hohenpriester einen Rat, einen Rat, einen Rat mit den Ältesten und Schriftgelehrten, dazu der ganze Rat, und bunden mich und führeten mich hin und überantworten mich Pilato. Und Pilatus fraget mich, bist du ein König der Juden? Ich antworte aber und sprach zu ihm, du sagests. Und die Hohenpriester beschuldigeten mich hart. Pilatus aber fragte mich abermal und sprach: Antwortest du nichts? Siehe, wie hart sie dich verklagen. Ich aber antworte nichts mehr also, dass sich auch Pilatus verwunderte. Ich stehe in der Schüssel. Gestern wurde Onkel Ágoston von der Polizei mitgenommen, ich habe alles gehört. Gyuri, Ihr eigener Vater wurde letzte Woche eingebuchtet, haben Sie ihn auch eigenhändig abgeholt? Halten Sie den Mund. Die Volksfeinde hat man nicht gefragt. Sie haben nichts mit meinem Vater gemein, Sie sind ein Kulak. Gott wird Sie noch schlagen, Gyuri. Was für ein Gott? Haben Sie nicht gehört? Mit der Bodenreform ist Gott verschwunden. Sie kamen bei Tagesanbruch, Mári war noch gar nicht da. Mein Vater und meine Mutter zogen sich im Dunkeln an. Sie waren fertig, als die Polizisten mit Onkel Ágoston gingen. Meine Mutter umarmte Tante Róza. Die begann zu schreien, auch Sie wird man mitnehmen, das ist sicher, es kann nicht sein, dass immer nur die Bauern gequält werden. Man wird Sie abholen, denn wir sind die Bauern, wir sind das Volk, Sie sind der Volksfeind. Meine Mutter ließ die Frau los. Sie schaute sie lange an, verwundert. Schon gut, Tante Róza.

56. Róza. Von da an sagt sie Róza. Róza, wissen Sie, warum man uns nicht mitnimmt? Sie sprach, als spräche sie mit mir, als ich die kleinen Gänse in das Plumpsklo geworfen hatte. Lustlos, warum man sich mit solchen Dingen beschäftigen muss, Plumpsklo, Scheiße, kleine Gänse, und enttäuscht, weil sie das nicht von mir erwartet hätte. Tante Róza zuckte wie ein beleidigtes Kind die Achseln. Sie weiß es nicht. Warum sollte sie es wissen, und es interessiert sie auch nicht. Meine Mutter schleuderte es mit schläfriger Siegestrunkenheit hin. Man nimmt uns nicht mit, meine Liebe, weil wir schon mitgenommen sind. Mein Vater prustete, das ist todsicher. Sie lachten zusammen in dem dämmrigen Morgen, als widerfahre ihnen gerade etwas sehr Lustiges. Ich stehe in der Schüssel. Mein Bruder wäscht mich. Ernst. Er wäscht mich überall. Er beginnt an meinem Hals und geht so hinab. Auch meinen Hintern wäscht er. Er gibt mir einen Klaps, mein kleines Taubstummerchen. Todsicher, schnaufe ich. Das ist mein erstes lautes Wort. Mein Vater hat es gestern gesagt. Mein Bruder lässt vor Schreck den Waschhandschuh fallen. Auch der ist von der Großmutter, alter Kram. Frotté, so höre ich von meiner Mutter. Ich habe nicht wegen des Klapses gesprochen. Er hatte gerade erklärt, dass ihn das Schweigen der Großmutter zwinge, die Geschichte zu schreiben. Zu Ende zu schreiben, zu Ende zu erzählen. Denn bisher habe die Großmutter von Jesus erzählt, doch sie werde nie mehr erzählen. Aber irgendjemand muss es tun. Und dass er mein Schweigen mag, es ihn jedoch zu nichts zwinge. Todsicher. Ihm steht der Mund offen, er verhält sich wie ein Schauspieler, der spielt, dass er sehr überrascht ist. Du, haucht er, als wäre er verliebt. Du … du kannst sprechen?, fragt er dumm. Ilewich kalewann. Manchmal spreche ich, manchmal nicht. So wie du. Sprich.

Er pflegte aber ihnen auf das Osterfest einen Gefangenen loszu- 57.
geben, welchen sie begehrten. Es war aber einer, genannt Barrabas, gefangen mit den Aufrührischen, die im Aufruhr einen Mord begangen hatten. Und das Volk ging hinauf und bat, dass er tät, wie er pfleget. Pilatus aber antwortet ihnen: Wollt ihr, dass ich euch den König der Juden los gebe? Denn er wusste, dass mich die Hohenpriester aus Neid überantwortet hatten. Aber die Hohenpriester reizeten das Volk, dass er ihnen viel lieber den Barrabam losgebe. Pilatus aber antwortet wiederum und sprach zu ihnen: Was wollt ihr denn, dass ich tue dem, den ihr schuldiget, er sey ein König der Juden? Sie schrien abermal, kreuzige ihn. Folglich also mich. Pilatus aber sprach zu ihnen: Was hat er übels gethan? Aber sie schrien noch viel mehr, kreuzige ihn. Folglich also mich. Pilatus aber gedachte dem Volk genug zu tun und gab ihnen Barrabam los und überantwortet ihnen mich, dass ich gegeisselt und gekreuziget würde.

58. Meine Mutter wirbt um niemandes Gunst. Auch mein Bruder ist so. Ich nicht. Ich bereite gern Freude und sehe auch, was Freude bereitet. Sie wirbt weder um die Gunst meines Vaters noch um die ihrer Schwiegermutter noch um meine. Nicht einmal um die meines Bruders. Doch natürlich kann sie nett sein, sie erzwingt es nur nicht. Sie ist nett, wenn sie nett ist. Mári gegenüber ist sie nett. Auch dem Polizisten Gyuri gegenüber war sie nett. Dessen Vater sich mit der Pistole seines eigenen Sohnes totgeschossen hat. Erzählen Sie, Gyuri, weinen Sie nicht. Bitte, man kann es nicht erzählen. Er hat sich erschossen und fertig. Er hat meine Dienstwaffe aus meiner Pistolentasche genommen, ging nach hinten zum Schuppen. Ich sägte gerade das Holz, das ich von der LPG bekommen hatte. Es lässt sich bequem sägen, denn es ist, wenn Sie es wissen wollen, knorrig. Nun, und die Knorren liegen so, so schief, dass … Scheiße, Gyuri, vergessen Sie die Knorren! Mein Bruder bohrte den Kopf ins Kissen. Ich glaube, wegen des »Scheiße«. Mich interessiert das nicht.

Meine Mutter interessiert es. Mein Bruder hat das von ihr, die 59.
Wörter. Dass man auch über die Wörter nachdenken kann, nicht
nur über die Dinge. Ziemlich dämlich. Oder nicht dämlich,
überflüssig, also dämlich. Korb, Kober, auch wenn wir ein ande-
res Wort sagen, wird die Welt dadurch nicht anders. In diesem
Fall der Korb. Irénchen, so ruft man sie und weiß wirklich nicht,
wie sehr sie das hasst. Sie hasst jede Verkleinerung von Wörtern.
Mári nennt sie Tante Irénchen. Und beim Rat hat es geheißen, so
erzählt sie lachend, die Genossin müsse sich noch entwickeln,
bis sie Genossin genannt würde. Meine Mutter ist nicht nett,
aber sie lacht viel. Im Dorf ist sie geachtet, nicht deshalb, son-
dern weil sie fleißig ist. Als sie am ersten Tag vom Hacken kamen
und meine Mutter in der Küche auf den Hocker vor dem Herd
sank, blieb Tante Róza vor ihr stehen, ging dann um sie herum,
musterte sie und sagte anerkennend: Irénchen, Sie sind wirk-
lich eine richtige vornehme Dame. Woraufhin meine Mutter in
Schluchzen ausbrach. Danach nie wieder.

60. Nie würde, hinge es von meinem Vater ab, mein Bruder erfahren, dass mein Vater nicht sein Vater ist. Meine Mutter ist die, die für die Wahrheit sorgt. Sie fragt nicht, sie erklärt: Was wundern Sie sich, Róza, dass Gyuri und seine Kollegen Ihren Mann mitgenommen haben. Warum sind Sie nicht in die LPG eingetreten? Sie wissen doch beileibe, wie man arbeiten muss. Damit man uns unser Land wegnimmt? Weizen ins Afterkorn? Mit den vielen Habenichtsen? Wir sind doch nicht verrückt. Sie haben recht, Róza, Sie haben vollkommen recht, verrückt sind Sie wirklich nicht, aber dann wundern Sie sich auch nicht. Sie haben sich dort vor den Schnellzug gestellt und der ist über Sie hinweggerattert. Oder nicht? Entweder gehen Sie beiseite oder übernehmen selbst die Lok. Meine Mutter wäscht währenddessen ab. Sie schont ihre Hände nicht, doch am Abend reibt sie sie mit irgendetwas ein. Sie sind grausam, Irénchen. Meine Mutter hält inne, schwingt den Teller in der Hand. Als wollte sie ihn werfen. Sie haben wieder gründlich recht, liebe Róza. Denn ich habe Ihrem Mann Handschellen angelegt und ihn festgenommen, nicht wahr? Ich stehe Wache im Kerker, nicht wahr? Ich höre dieser unbekannten Frau, meiner Mutter, gern zu. Wache, Kerker. Sie ist, sagt mein Bruder, wie ein Märchenheld, dem kein Unglück widerfahren kann.

Ich spüre, es gibt ein Unglück.

61.

62. Allein. Ich bin allein. Als wäre ich in der Stille eingeschlossen. Ich bin in der Stille zu Hause. Doch die Stille ließe mich auch dann nicht los, wenn ich ginge. Wohin? Nun, irgendwo hinaus. Sprechen, spielen. Natürlich spiele ich. Und meinen Bruder habe ich schon angesprochen. Und die Stille ist für mich kein Kerker, ich habe sie gern. Und dennoch. Wenn du allein bist, ist alles möglich. Nur nicht, dass du nicht allein bist.

63.

Allein: Seitdem unser Gastgeber im Gefängnis ist, essen wir gemeinsam mit Tante Róza zu Abend. Mein Vater schneidet Speck. Sie schneiden ihn schon so wie die Bauern, so lobt ihn Tante Róza. Großmutter Eszter ist gestorben, sagt unsere Mutter zu uns. Selbstmord. Ich verstehe es nicht. Mein Vater schneidet nur weiter den Speck. Sie hat ihrem Leben durch eigene Hand ein Ende gemacht. Auch das verstehe ich nicht besser. Was erklärst du es ihm, er versteht es ohnehin nicht, schreit mein Vater meine Mutter an, als wären sie allein in der Küche. Sie sagen nie, ich höre es nicht, sondern ich verstehe es nicht. Meine Mutter umarmt meinen Bruder. Hat sie sich erschossen? Nein, mein Sohn, sagt meine Mutter schroff. Sie umarmt ihn sanft und sagt es schroff, kalt, das hat sie von ihrer Schwiegermutter gelernt. Sie hat Tabletten genommen und sich dann am Kabel der Brennschere aufgehängt. Ich stelle mir einen aufgehängten Menschen vor, Henker, König, die Geste des Königs, jubelnde Menge. Doch da zerschneidet Robin Hood im letzten Augenblick den Strick und galoppiert vor der Nase der zu Stein erstarrten Söldner, im Sattel das gerettete Mädchen, aus der Burg. Denn auch eine Burg stelle ich mir vor. Doch das Mädchen ist nicht Mári. In Ungarn gibt es auch gar keinen Robin Hood. Miklós Toldi? Da fehlt der Galopp. Hier muss man sich etwas anderes vorstellen. Auch das Brennscherenkabel ist nicht gut. Wir essen weiter. Das Messer meines Vaters schmilzt den Speck förmlich. Dann ist es doch nicht so einfach, wenn es mit Gottes Allmacht vorbei ist. Die Güte allein schützt doch nicht.

64. Die Großmutter ist wirklich allein. Die s-Großmutter, die schiefe. Natürlich ist auch die t allein, die tote. Oder semö, selbstmörderische. Wer allein ist, ist zu allem fähig, sagte Großmutter, als sie noch sprechen konnte. So wollte sie mich auf den Weg der Liebe bringen, mich zur Liebe bewegen. Damit wir einander lieben, weil es sonst schlimm wird. Oder das sagte sie nicht, weil ihr Augenmerk nicht auf Personen lag, sondern auf dem Ganzen. Auf dem Schöpfer und der Schöpfung. Leben wir in Liebe, das sagte sie. Ich denke, dann wird die Schöpfung von dieser Liebe durchdrungen sein. Auch das ist wie der Sumpf bei der Mühle. Ich muss mit ihr sprechen.

Sprechen. Vor dem Unglück ist noch kein Unglück. Wäre ein 65.
Unglück, wäre es ein Unglück, doch dann wäre davor noch kein Unglück. Das klingt, als wäre es von meinem Bruder. Manchmal ist es wirklich schwer, die Wörter und die Dinge zu trennen. Ich halte es nicht so, dass ich auch die Wörter als Dinge betrachte. Wenn das Unglück kommt, schließt du als Erstes die Augen. Ich bemerke, dass ich immer mehr nur mit meinem Bruder zusammen bin und er mit mir. Und vielleicht noch mit dem Jesuskind. Doch der am Kreuz stört mich auf einmal. Übertrieben, oder? Auch die Großmutter erzählt nicht von ihm, sondern von den Wundern und dem See, auf dessen Wasser er ging. Und von den Pharisäern. Anfangs mochte ich sie. Sie beten, gehen in den Tempel, sind ein gutes Vorbild. Die Pharisäer sind ordentliche Leute. Nur nutzen sie halt den Herrgott aus. Sie benutzen ihn, damit man sieht, was für ordentliche Leute sie sind. Sie sind ordentliche Leute, um zu zeigen, dass sie ordentliche Leute sind. Das heißt, nicht das Ordentliche ist wichtig, sondern das Zeigen. Die Großmutter hasst die Pharisäer abgrundtief. Ihnen mangelt es an Gott, und wo es an Gott mangelt, dort gedeiht die Sünde. Die Sünde habe ich mir immer so vorgestellt wie die Sonnenblume. Doch das sage ich keinem, denn die Sonnenblume ist wunderschön. Die Großmutter braucht deshalb die Pharisäer, wegen der Sünde, damit sie die Sünde zeigen kann. Gewöhnlich erklärt man diese, indem man uns als Beispiel anführt, also unsere hässlichen Wörter, und dass wir faul sind. Oder die kleinen Gänse. Doch die Großmutter will von der Sünde der ganzen Welt sprechen. Denn deswegen ist Christus gestorben, wegen der Sünde der Welt. Sie will, dass wir das verstehen.

66. Doch ich verstehe es nicht. Oder ich habe es verstanden, glaube aber nicht, dass Christus richtig gestorben ist. Wirklich, real. Das silberne Jesuskind ist völlig real. Aber der Luláta hier am Kreuz … den halte ich eher für eine Abschreckung. Wenn wir so fortfahren, wird ein Unglück passieren. Doch dass er nicht gestorben ist, zeigt nur, die Sünde, die Sünde eines jeden ist eine ernste Angelegenheit. So ernst, dass sie nur von einer so großen Sache ausgeglichen werden kann. Denn den Herrn muss man versöhnen, sagte Großmutter. Und Christus ist für uns gestorben, auch darauf wies sie mich hin. Aber ich denke trotzdem, dass … nun, wie ich zuvor gesagt habe. Das Kreuz erwähnte sie einmal, doch sie erzählte nicht davon, es war nicht Teil ihrer Geschichte. Die Heilungswunder, die ja. Und wie Jesus den Teufel austreibt. Oder den bösen Geist. Obwohl ich denke, dass das Böse nicht in einem Block im Menschen ist. Man könnte es auch nicht herausoperieren. Tante Rózas Blinddarm wurde im städtischen Krankenhaus entfernt. Lachend sagte sie, Irénchen, es tat so weh, als wäre ich schwanger. Gesegnete Umstände, Róza, gesegnete Umstände. Sie lachten, als wären sie Freundinnen. Das Böse ist eher wie ein Hauch. Oder wie im Sommer am Morgen der Dunst. Im Herbst der Nebel. Du kannst hineingreifen, auch deine Hand wird nass, aber fassen kannst du ihn nicht. Leere, schmutzige Hände. So in etwa mag das Böse sein.

67.

Mich interessiert das Böse nicht. Meine Mutter findet das Gute langweilig, das Böse spannend. Zu Großmutter sagte sie, sie solle sie ärgern. Sie hat sich auch geärgert. Jetzt ärgert sie sich nicht mehr. Oder man sieht es nicht. Doch ich finde, die Sache verhält sich anders. Denn das Gute ist das Schwere, und deshalb muss man dafür erfinderisch sein, und das ist interessant. Zum Beispiel. Am häufigsten erzählte die Großmutter von der wunderbaren Brotvermehrung. Und wie Jesus den bösen Geist in die Schweine schickt, eine ganze Legion, und dann rennen die Schweine in den See und ertrinken. Das ist ziemlich witzig. Auch die Großmutter hat gelacht. Also wirklich. Die Schweine ertrinken, die Bauern toben und bitten diesen seltsamen Fremden, er solle fortgehen. Und Jesus macht sich zufrieden davon. Das ist meine Lieblingsgeschichte. Die Großmutter kann von den Brocken nicht genug bekommen. Dass zwölf Körbe voll Brocken blieben. Zwölf Schaff. Für sie sind die Brocken das Wunder. Tante Rózas Brot bröckelt nicht. Es ist wie ein Ziegel. Etwa fünf Kilo, das hält eine ganze Woche. Es schmeckt nicht, aber es ist gut. Ich habe die Großmutter in die Sonne gerollt und dort stehen gelassen. Ich setze mich neben sie. Eine Decke bis zur Taille. Kariert, ebenfalls alt. Wird Großmutter nie mehr reden? Sie zuckt die Achseln. Aber was wird denn dann mit Gott? Wieder zuckt sie die Achseln. Dabei zuckt auch ihr Gesicht. So wird das nichts. Noch einmal: Aber was wird denn dann mit Gott? Sie bekreuzigt sich schnell zweimal und schaut mir in die Augen. Soll ich nicht so reden, oder soll ich beten? Sie würde zeigen, dass ich Letzteres tun soll, doch ihre Finger bewegen sich mühsam. Sie hat alte Finger, alte, von der Arbeit geschundene Finger. Sie bemerkt nicht, dass ich spreche.

68. Ich bemerke gar nicht, dass ich bete. Ich nehme ihre knorrigen Hände und bete. Ihren Mund verzieht das Unglück zur Seite. Ihre Augen sind ganz verschattet. Da sitzt eine bisher nicht gesehene Traurigkeit wie ein selbständiges Wesen, von ihr und auch von ihrem Unglück unabhängig. Als stünde hinter den Unglücksfällen ein größeres Unglück. Du bist dieses Unglück, mein Herr, murmele ich, als hätte ich Hirnweinen. Meine Worte kennen die Zeit nicht, immer wieder kommen sie umherirrend zum Vorschein. Du bist dieses Unglück, mein Herr. Du, der traurige Gott.

69.

Mit zwei Händen schlägt sie mir auf die Brust. Drischt. Ich sehe ihr Gesicht von nahem. Wüstes Land. Das braune Haar und die dunkle Haut habe ich von ihr. Ihr Blick hat sich verändert, keine Traurigkeit, keine Verdutztheit, eher Entsetzen, Abscheu. Wie mag das sein, wenn Gott dich verabscheut. Boo. Bo. Cken. Das ist das erste Wort, das sie sagt. Es fällt schwer, nicht zu lachen. Ihr Mund öffnet sich nicht einmal. Was sagen Sie, Omi? Wunderbare Brotvermehrung oder was? Sie keucht. »Omi« ist verboten. Omi, tschüßi, supi. Und die hässlichen Wörter, Schwanz und Fotze ficken. Vögeln, fügt mein dämlicher Bruder immer hinzu. Was ist los, Omi? Bisher haben Sie gesprochen und ich war stumm. Jetzt spreche ich und Sie sind stumm. Boo-bo-cken. Von Gottes Standpunkt aus ist es egal, oder? Ich war nur frech, doch plötzlich verstehe ich, wie riskant es ist, wenn der Mensch versucht, wie Gott zu denken.

70. Nein, Gott ist kein Vorbild.

71.

Mein Vorbild bist du, sage ich zu meinem Bruder. Er grinst, Bocken, sagt er. Todsicher, erwidere ich. Wir haben zwei Verstecke, den Boden und den großen, flachen Stein im Bach. Freilich, wenn wir die Augen schließen, ist alles ein Versteck. Der Boden ist wie ein Hochsitz. Wir haben, mein Bruder hat ein Fadenkreuz gemacht. Ein Gewehr braucht man gar nicht, nur ein Fadenkreuz. Er hat es aus Draht gebogen. Jetzt kann man viel mehr von der Großmutter klauen. Zum Beispiel ihre Brille von ganz früher. Monokel, sagt mein Bruder. Darüber kann man nur lachen, denn ein Monokel ist keine Brille, sondern wenn ich dir eine reinhaue und dein Auge blau wird. Oder deins! Im Fadenkreuz taucht der Polizist Gyuri auf. In Zivil. Er bleibt im Hof stehen. Onkel Ágoston scheint ihm den Weg zu versperren. Vor kurzem ist er aus dem Gefängnis entlassen worden. Lassen Sie mich nicht ins Haus? Hier ist es auch gut. Ich bin gekommen, um mich zu entschuldigen. Er hat ein Glas in der Hand, erhebt es, aber Sie, Onkel Ágoston, sind wenigstens am Leben. So eine schlechte Plörre habe ich noch nie getrunken, sagte meine Mutter einmal zum Wein der Gastgeber. Ich schon, sagte mein Vater wiehernd. Ich weiß, meine Mutter nickte. Im Fadenkreuz erhebt Onkel Ágoston sein Glas, um anzustoßen. Er kippt es langsam, der Wein rinnt auf die Erde. Er schüttelt auch den letzten Tropfen noch heraus. Wie beim Pinkeln. Dann Stille. Warum machen Sie das mit mir, was kann ich denn dafür, ich gehöre doch zu den kleinen Leuten. Wütend sieht er die Gastgeber an. In der Tür Tante Róza. Sie blickt nirgendwohin, steht nur da. Du gehörst nicht zu den kleinen Leuten, sondern zu den Scheißleuten. Trink es nur, auf dein Wohl, und dann verschwinde. Wie seltsam! Er trinkt es wirklich, sagt sogar, auf Ihr Wohl, Bruder. Und rennt wie ein Kind weg.

72. Mein Bruder ist nicht kinderernst, er ist richtig ernst. Ich nicht, ich bin weder ernst noch unernst. Mich interessiert das nicht. Ich lache gern, aber ich kann nicht immer lachen. Darüber lache ich dann. Wenn ich kann. Oder gar nicht lachen, eher sich freuen? Sein Ernst ist gut, ich mag ihn. Ich mag auch, dass wir nur die Mutter gemeinsam haben. Manchmal denke ich daran, wie sein Vater gewesen sein mag. Das Fadenkreuz zeigt auf mich, er hat es auf mich gerichtet. Der Polizist Gyuri schlägt mit einem großen Knall das kleine Tor zu, und wir hören, wie er es still verriegelt. Von außen? Schnappriegel, mein Bruder nickt bedeutungsvoll, der Schnappriegel ist eine alte ungarische Vogelart, die wir noch aus Asien mitgebracht haben. Wir, die Ungarn. Wir sind alle beide Ungarn. Wir sagen auch immer zueinander, Ungar, du. Ungar, du! Als würden wir streiten. Deine Mutter. Deine. Wir haben meinem Vater berichtet, dass wir Ungarn sind. Ganz richtig. Unsere Mutter allerdings schüttelte den Kopf und sagte: Alle sind Ungarn. Auch Polizist Gyuri?, wir guckten ungläubig. Auch Polizist Gyuri. Das ist doch ziemlich seltsam. Ich umarme meinen ungarischen Bruder. Es tut gut zu sagen, ungarisch. Ich umarme ihn, woraus wieder ein Kampf entsteht. Gut, weil wir nicht gewinnen wollen, nur uns drehen. Ich bin stärker, und das wissen wir schon. Der Staub wirbelt. Wie früher ringt er mich nieder, drückt mich unter sich, legt sich auf mich. In diesen Momenten sagte er, kleiner Bastard. Du hörst sowieso nicht, dass ich sage, kleiner Bastard, nicht wahr, kleiner Bastard? Kleiner Bastard, brüllte er mir ins Ohr. Nie mehr werde ich das sagen. Auch um Verzeihung bittet er ernst. Es ist gut zu kämpfen. Auch mit Mári wäre es gut zu kämpfen. Sie ist stärker. Seit einiger Zeit erzählt mein Bruder unverzüglich die Geschichte. Er liest sie aus seinem Heft vor.

In der einen Hand das Heft, in der anderen jenen feinen Bleistift. 73.
Wir waren dort stehengeblieben, dass die dämlichen Juden den Barrabas freilassen wollten. Der ein astreiner Bandit ist. Denn Pilatus hatte das Recht, einen freizulassen. Pilatus hatte immer Kopfschmerzen, wie mein Bruder. Nur ist Pilatus kein Ungar, doch das ist gar nicht schlimm. Ich beneide ihn um seine Kopfschmerzen. Das ist, als wäre er klug und müsste auch nicht in die Schule gehen. Wenn ich zeige, dass ich Kopfschmerzen habe, und das ist schwer zu zeigen, dann lachen sie nur. Jedem tut das weh, was am schwächsten ist, auch meine Mutter lacht. Ein bisschen hatte Pilatus auch Angst vor Jesus. Na klar. Er spürte, dass er ungerecht zu ihm, dass also Jesus unschuldig war. Das wusste er tief in seinem Herzen. Einmal in der Nacht habe ich gehört, doch ich wollte es nicht hören: Dein Herz ist verdorben. Nachts nicht zu hören ist gut. Doch taub sein. Richtig. Ich denke, auch Pilatus' Herz ist verdorben. Oder vielleicht gibt es auch im verdorbenen Herzen ein Gefühl. Mein Vater hat erzählt, dass sie auch den Fasan zunächst verderben lassen. Dass sie ihn so lange in der Kammer hängen lassen, bis ein kleiner Blutstropfen auf dem Schnabel erscheint. Er erzählte von der Jagd. Darüber haben mein Bruder und ich uns zuletzt gestritten. Weil ich geprahlt hatte, dass mein Vater schon Rehe, Wildschweine und auch Hirsche geschossen hat. Fasane so viele, dass ich sie gar nicht zähle. Gewöhnlich sage ich nicht, *mein* Vater, doch da wollte ich, dass … ich weiß nicht mehr, was ich wollte. Ich war stolz auf das Wildschwein und das Reh und den Hirsch. Und auch auf die Fasane. Sogar ein Rebhuhn. Da brüllte mein Bruder: Mein Vater hat nicht gejagt, er wurde gejagt!

74. Mein Vater hat nicht gejagt, er wurde gejagt. Da sprang ich auf ihn los, Hurensohn. Du Hurensohn. Der Staub wirbelt. Pilatus aber antwortet wiederum und sprach zu ihnen: Was wollt ihr denn, dass ich tue dem, den ihr schuldiget, er sey ein König der Juden? Pilatus aber gedachte dem Volk genug zu tun und gab ihnen Barrabam los und überantwortet ihnen mich, dass ich gegeisselt und gekreutziget würde. Genug, erzähl nicht weiter, das braucht es nicht mehr, auch die Großmutter hat das nicht erzählt. Und ob. Nein, sie hat nur gesagt, einmal hat sie gesagt, dass so etwas kommen wird. Du bist ein kleiner Idiot, Hosenscheißer. Das spielt keine Rolle, es spielt keine Rolle, ob ich ein kleiner Idiot bin, nicht das spielt eine Rolle! Sondern was? Nun, dass Gott nicht sterben kann. Du verstehst nichts. Das spielt keine Rolle, auch das spielt keine Rolle, ob ich es verstehe. Wenn du noch einmal sagst, es spielt keine Rolle, trete ich dich. Auch das spielt keine Rolle. Vom Heuboden sieht es so aus, als wären wir auf einer Höhe mit dem Kirchturm. Mein Kopf ist mit der Glocke auf einer Linie.

Die Kriegsknechte aber führeten mich hinein in das Richthaus 75.
und riefen zusammen die ganze Schar. Und zogen mir ein Purpur an und flochten eine Dornenkrone und setzten sie mir auf. Und fingen an mich zu grüssen, gegrüsset seiest du, der Juden König. Und schlugen mir das Haupt mit dem Rohr und verspeieten mich und fielen auf die Knie und beteten mich an. Und da sie mich verspottet hatten, zogen sie mir die Purpur aus und zogen mir meine eigenen Kleider an und führeten mich hinaus, dass sie mich kreuzigten. Genug. Ich habe gesagt, genug. Wer bist du, dass du dich in eine Geschichte einmischst? Ich liege näher am Fenster, so dass ich zum Himmel hinaufschielen kann. Schielst du, fragt mein Bruder. Ich lerne von ihm viele Wörter. Wer stirbt, aus dem wird ein Stern. Ich frage nicht, welcher Stern sein Vater ist. Es ist auch gar nicht sicher, dass er es weiß. Und die lebendig-tote Großmutter? Ist die schon ein Stern? Wer stirbt, ist ein Stern, wer lebt, ist Erde.

76. Ich betrachte nur die Sterne, damit ich nichts höre. Ich höre nicht: Genug, was strengen Sie sich an, lassen Sie mich endlich in Ruhe. Mein Vater fängt an zu weinen: Ich höre es nicht. Ich bin ein guter Schläfer. Ich lege nur den Kopf auf das Kissen und schon schlafe ich. Und schon ist der Morgen da. Ich wache nicht gern auf. Mein Bruder wacht gern auf, weil er ständig Pläne hat. Aufgeregt erwartet er den Tag. Ich würde gern noch ein bisschen schlafen. Auch schlafen muss man können. Ich schlafe nicht, ich betrachte die Sterne. Oder sie mich. Ich höre und höre nicht: Weil Sie nur mit nackter Eichel können, was? Das bist du gewohnt, was? Was mag diese Eichel sein? Später mein wörterverrückter Bruder. Irgendeine Pflanze, glaube ich. Ich höre nicht. Rollen Sie endlich von mir runter. Ich rolle, mein Haselchen, gewiss rolle ich. Das war gut, oder? Ja. Aber jetzt will ich schlafen. Die Füße meines Bruders neben meinem Kopf zucken wie im Krampf. Ich schließe schnell die Augen, damit er nicht sieht, dass ich wach bin. Vielleicht leuchten meine Augen wie die der Katzen.

77.

Auch Máris Augen leuchten. Obwohl sie dick ist, sind ihre Augen wie Sterne. Sie kommt herüber, kümmert sich aber nicht mehr um mich. Ich bin zu groß und zu klein. Sie unterhält sich mit meiner Mutter. Sie lernt viel von ihr. Welche Bluse zu welchem Rock. Und dass es bunte Schals gibt, grüne, blaue, sogar gelbe und korallenrote. Meine Mutter schminkt sie auch. Sie blicken einander an. Wenn du so errötest, müssen wir doch eine andere Schminke auftragen. Sie lachen. Bevor Mári nach Hause geht, wischt ihr meine Mutter sanft die Schminke vom Gesicht. Währenddessen schläft mein Vater oder säuft mit Onkel Ágoston in der Küche oder er ist in der Kneipe. Er kann auf eine Weise irgendwo sein, dass er schon immer da gewesen zu sein scheint. Dennoch ist die Kneipe am realsten. Ich mag sie nicht, sie stinkt. Eher säuerlich. Sie stinkt säuerlich. Riecht nach Kotze. Die großen Männerkörper sind erschreckend. Man kann nie wissen, wer was als Nächstes macht. Plötzlich ist jemand gereizt, Schreien, Schubsen. Dann hört es unerwartet auf, als wäre nichts geschehen. Sie hängen nur noch müder über den Gläsern. Lachen verzagt. Das Lachen meines fremden Vaters, dennoch real. Als wäre er hier in der Kneipe geboren, hätte noch nie in seinem Leben das Sonnenlicht gesehen, nur die nackte sechziger Birne, und sogar deren spärliches Licht lässt ihn wie die Kätzchen blinzeln.

78. Auch die Nacht ist real. Und davor noch der Nachmittag. Ich will nicht hören, ich höre nicht: Ich liebe dich, sagt meine Mutter zu Mári. Sie umarmt sie, streichelt ihr den Kopf, lässt das Gesicht auf Máris Hals sinken. Mári riecht gut. So etwas habe ich noch nicht gesehen, ich sehe es auch nicht. Ich sehe nicht: Máris Gesicht zuckt erschrocken. Ich sehe nicht, wie sich dann ihr Mund sofort in ein stolzes Lächeln verwandelt. Dann in der Nacht höre ich nicht: Komme, du Fotze, verdammtes Scheißleben, komme, so viel kann man vielleicht erwarten, du Aas, du. Fick mich, dann komme ich. Stampfst hier hinter meinem Arsch herum, stößt, kämpfst, drückst … Stöbern wir doch nach deinem so berühmten Schwanz. Mein Vater sagt es zu meiner Mutter, meine Mutter sagt es zu meinem Vater. Mein Bruder hält sich die Ohren zu. Ich höre es nicht, weil ich auf der Stelle zu beten beginne. Dir sei, o Gott, für Speis und Trank, für alles Gute Lob und Dank. Mein Bruder hört es trotzdem. Idiot. Er hat nicht recht. Alle Gebete sind eines. Nur die Wörter der Gebete unterscheiden sich, doch die Wörter spielen keine Rolle. Das versteht er natürlich nicht. Man muss nicht mit eigenen Worten beten. Das Gebet ist nicht da, es kommt. Ich betrachte im Dunkeln das silbern pulsierende Jesuskind. Dir sei, o Gott, für Speis und Trank. Ich freue mich und weine ein bisschen. Gott, der Arme, zu wem er wohl betet? Ich bin gerade dabei, ihn zu bedauern, dass er so allein ist, als mein Bruder im Dunkeln unangemessen laut spricht. Als hätte er gehört, woran ich denke. Was ich aufschreibe, ist ebenfalls real. Ich sage nichts. Nirgends ist es gut.

79.

Erst anderntags antworte ich. Wir gehen auf dem Pfad, auf dem ich für die Großmutter den Wasserkrug hochzog. Es hängt davon ab, was du schreibst. Das stimmt nicht, denn ich kann nicht alles schreiben. Was ich schließlich aufschreibe, aufschreiben kann, aufzuschreiben wage, das ist real. Ich bleibe stehen. Hier steht, als wäre es ein Zufall, eine einzelne Platane. Schlossbaum, so nennen sie die Gastgeber. Schlossbaum!, mein Vater schüttelte den Kopf. Ich glaube nicht, dass er an das Schloss dachte, doch er schüttelte den Kopf. Aber warum könntest du nicht zum Beispiel schreiben, dass die Kühe herumfliegen und die Schweine blöken? Wäre das ebenfalls real? Und ich beginne zu blöken. Ich kann gut blöken. Aber noch besser bellen. Es klingt überhaupt nicht wie »Wau«. Es kommt darauf an. Was worauf? Wie es aufgeschrieben ist. Und was davor und danach geschrieben steht, welche Sätze da stehen. Na bloß gut, dass du nicht sagst, was für Sätze darunter, darüber und darin stehen. Ganz genau, Hosenscheißer, ganz genau so ist es. Mich interessieren die Sätze nicht. Und mich interessieren sie. Wir laufen bereits am Bachufer entlang, unterhalb der Gärten. Wir gehen spazieren. Im Bachbett liegen große Steine. Riesige Steinbrote. Oder Schildkröten. Tante Róza hat gesagt, vergangenes Jahr riss das Wasser eine Kuh mit. Glaubst du das? Mein Bruder guckt wie mein Vater. Als fragte er. Und traute der Antwort nicht. Weil er schon von vornherein nicht glaubt, dass es eine ordentliche Antwort gibt. Siehst du, schon sind wir bei den fliegenden Kühen. Die Oberfläche der Steine ist warm. Wenn ich mein Ohr an den Stein drücke, brummt es. Als sagte er etwas, aber man kann es nicht verstehen. Was die Steine flüstern, das will ich aufschreiben. Du bist dämlich. Ich bin nicht dämlich, sagt mein Bruder ernst. Es klingt wie »ich liebe dich«.

80. Wenn ich sie mag, ist sie schön, wenn ich sie nicht mag, ist sie nicht schön, mein Bruder zuckt die Achseln. Ich habe ihn gefragt, ob Mári schön ist. Ihr Hintern ist herzförmig, sage ich. Immer herziger. Wir lachen. Am Bachufer schwingen gewaltige Bärenklaublätter. Große Fächer. Wie groß wäre die Frau, die so einen großen Fächer hätte? Man könnte sich mit ihnen gut den Arsch abwischen. Der ganze Bach scheint zu unserem Garten zu gehören. Jetzt führt er kaum Wasser. An einigen Stellen fließt er gar nicht, am Rand sind kleine Seen zwischen den Steinen eingeschlossen. Wasserspinnen huschen über die Oberfläche. Meinst du, Jesus kann wirklich auf dem Wasser gehen? Was hat das mit Mári zu tun? Dabei öffnet er sein Heft. Seit einiger Zeit schleppt er es überallhin mit. Sein Platz wäre in der Schatzkammer. Wir haben uns auf den großen, glatten Stein gesetzt, auf den Gipfel. Wir nennen ihn Gipfel. Gipfel ist ein Name. Lange glaubten wir das nicht. Doch es gibt einen solchen Menschen, Gipfel Sárosy, er wurde nicht ausgesiedelt, ist aber auch nicht von hier. Er war Imker und hat sich totgesoffen. Die Bienen zerstachen ihn ständig. Verglichen mit mir war es für Christus am Kreuz der reinste Urlaub, das war, wenn er betrunken war, sein liebster Spruch. Und er war ständig betrunken. Man verteilte nach seiner Beerdigung den Honig, den man fand. Guter Honig, sagt Tante Róza. Echter Honig. Der Gipfel wärmt uns den Bauch, wenn wir uns nackt darauflegen. In Clothhosen. Doch die Geschwister-Nacktheit würde ohnehin nicht zählen. Mári kann sicher nicht auf dem Wasser gehen. Das ist sicher. Mit ihrem großen Herzen, mein Bruder lacht laut. Ihn interessiert Mári nicht. Mich ja. Wie sie auf mich aufpasst. Und breitbeinig dasteht. Ich interessiere sie nicht mehr. Wenn er wollte, dann konnte er, er ist doch Gottes Sohn. Einmal übers Wasser gehen zählt nicht. Behutsam öffnet er sein Heft. Er blickt hinein wie in eine Zauberkugel. Als sähe er dort die Wahrheit selbst. Wann schreibst du Geschichten über mich? Niemals, brummt er freundlich.

81.

(Viele Jahre später.) Viele Jahre später, meine Mutter hatte meinen Vater längst verlassen, der mit seiner halb-neuen Frau zusammen in der Plattenbausiedlung von Újpalota lebte, einer Frau namens Ica, die man von Anfang an nicht Tante nennen durfte, nur Ica, und der (mein Vater) sich von Zeit zu Zeit mit meiner Mutter in ein Café auf der Straße der Märtyrer setzte, wenn ich mich nicht irre, ins Vier Schimmel, um danach immer mit demselben Satz vom Geschehenen zu berichten, heute bin ich wieder mit deiner Mutter geritten, sie sieht gut aus und lässt dich küssen, und wir wussten zwar beide, dass das so gelogen war, und wussten auch, dass der andere das wusste, doch das störte weder ihn noch mich, viele Jahre später, auf der Beerdigung meines Vaters, der mit seinem von fürchterlichen Leiden begleiteten Tod, ohne zu ruckeln, an sein Leben angeknüpft hatte, als er sein Fahrrad nicht mehr lenkte, da begann er zu sterben, rutschten ihm endgültig die Füße von den Pedalen, auf welcher Beerdigung ich am Grab zwischen meiner Mutter und Ica, Tante Ica, verdammt nochmal, auch sie ist schon tot, stand, meinen Blick auf die schwarz sich schlängelnden, glänzenden Buchstaben des aus auffallend schönem Holz gefertigten Sarges heftete und, während der Priester uns versicherte, dass meinem Vater das ewige Licht leuchten würde, irgendwie so, auch Mári erblickte, allein im Hintergrund stehend, alt, dick, fast nicht wiederzuerkennen, wie eine Fremde, auch das Alter meiner Mutter war zwar fremd, aber dass ich mit ihr zusammen alt werden durfte, betrachtete ich immer als ein großes Geschenk des leeren Himmels, auf der Beerdigung meines Vaters drehte sich meine Mutter, nachdem der kondolierende Priester uns die weiche Patschhand gereicht hatte, diese gemeinsame Bewegung war die letzte, freilich indirekte, körperliche Berührung unseres Lebens, drehte sich meine Mutter zu mir um, und bevor ich hätte sagen können, was wollte ich eigentlich sagen?, ließ sie mit müder, alter Kälte mir ins Gesicht die Worte fallen: Ich weiß, dass du es warst, geh weg, geh weg von hier.

82. Auf ihre Beerdigung bin ich nicht gegangen. Wozu. Wozu sie ärgern. Am Ende wäre sie noch aus dem Sarg gefahren: um zu hassen. Es ist unzulässig, etwas anderes zu hassen als die Ewigkeit. Am letzten Tag, bevor wir aus dem Dorf weggingen, zeigte mir Mári ihre Brüste und küsste mich. Wir standen am Bachufer, sie hatte mich stumm dorthin geführt. Sie knöpfte ihr Hemd auf, nicht langsam, nicht schnell, als wäre ich gar nicht da, und zog meinen Kopf dorthin. Sie führte mich, die eine Brust, die andere Brust. Dann bedeckte sie gleichsam mit ihren Brüsten meinen Kopf von beiden Seiten. Sie schob mich zurück, schau, schau, sagte sie, ohne zu lächeln. Ich sah, wie ihre rosafarbenen Brustwarzen alles erleuchteten, rosa wurden der Bach, die großen Steine, weiter hinten der Schlossbaum, doch auch der Himmel, alles, sicher auch ich, das konnte ich nicht sehen. Sie beugte sich zu mir und küsste mich weich und heiß. Vorsichtig öffnete sie mir mit der Zunge den Mund. Ich glaubte, ich sterbe, so wundervoll war es. Ich hätte nicht gedacht, dass Speichel wundervoll ist. Ich war eins mit ihr. Als wir uns trennten, sagte sie mit hartem Gesicht: Jetzt habe ich dich zum letzten Mal geküsst. Damals wurde ich so zum ersten Mal geküsst und lange von niemandem, niemandem. Mein Herz ist feige.

83.

Mein Herz ist feige. Die Gebete berühren sich im Himmel. Mein Herr. Irgendwie ist es schon spät. Ich kann mich nicht auf dich verlassen. Zwar will ich weder mich noch meine Sündhaftigkeit noch mein Vaterland noch dich verzagt zur Kenntnis nehmen. Aber ich will auch niemanden übers Ohr hauen. Höchstens dich. Das Gebet ist das vielmalige Wecken des Gedächtnisses des Herzens. Man muss sich häufiger an Gott erinnern, als wir Luft holen. Barmherziger Gott, verlass mich nicht. Wie weiter? Darauf erwarte ich von dir eine Antwort, denn das ist meine Frage. Du pflegst zu antworten, indem du nicht antwortest. Du kannst schön schweigen, mein Herr. Wenn ich dich frage, schweigst du, und wenn es keine weiteren Fragen mehr gibt, wird das die wahre Antwort sein. Dennoch frage ich jetzt, zu welchem Ende. Wer bist du, mein Herr, und wer bin ich? Ich weiß, eine schlechte Frage. Mach mich sehen. Erfülle die tote Ader meines einsamen Herzens, himmlische Güte.

84. Vom Einband seines Heftes blickt gleichmütig ein bunter Papagei. Die richtigen Hefte sind nicht so. Eher ein Paradiesvogel. Das passt auch besser zu Gott. Na, Hosenscheißer, es war also, dass ich alsbald meine Jünger treibe, dass sie in das Schiff traten und vor mir hinüber fuhren gen Bethsaida, bis dass ich das Volk von mir liesse. Erinnerst du dich, vorher war, mein Alter, die wunderbare Brotvermehrung, der Haufen Brocken. Ich ging also hinauf einen Berg zu beten. Und am Abend war das Schiff mitten auf dem Meer und ich auf dem Lande alleine. Und ich sahe, dass sie Not litten im Rudern, denn der Wind war ihnen entgegen, und um die vierte Wache der Nacht kam ich zu ihnen und wandelte auf dem Meer, doch ich wollte an ihnen vorübergehen. Und da sie mich sahen auf dem Meer wandeln, meineten sie, es wäre ein Gespenst, und schrien. Denn sie sahen es (mich) alle und erschraken, aber als bald rede ich mit ihnen und sprach zu ihnen, seid getrost. Ich bins, fürchtet euch nicht.

85.

Ich fürchte mich nicht, sage ich faul zu meinem Bruder. Der Stein wärmt mir den Bauch. Er sitzt mit dem Rücken zu mir, neben ihm sein Heft. Ich warte, dass er etwas sagt. Und ich trat zu ihnen ins Schiff, und der Wind leget sich, und sie entsatzten und verwunderten sich über die Maßen. Denn sie waren nichts verständiger worden über den Broten, denn ihr Herz war töricht. Oder verstarret. Stille. Dabei hast du keinerlei Grund dazu. Ich höre es kaum, es ist, als würde der Bach ständig hineinschwatzen. Ich weiß nicht, ob er auf dem Wasser gegangen ist, sagt er plötzlich. Das kann nicht sein. Wenn es geschrieben steht, dann ist es auch so, das hast du gesagt. Er schweigt. Als hätte er keinen Satz. Wer hat was für einen Satz, fragt er immer mit listigem Gesicht. Das Wappen unserer Zunft, Hosenscheißer. Dein Satz ist, dass du keinen Satz hast. Der Satz unseres Vaters ist die ohnmächtige Stille. Der Satz unserer Mutter das bittere Lachen. Mein Satz ist, dass mein Satz der Satz ist. Und der Satz der Großmutter lautet, fürchtet euch nicht, ihr Kleingläubigen. Ich bewege mich ein ganz wenig auf dem Stein hin und her. Er scheint zu leben. Mein Bruder zieht den Rotz hoch, er spuckt ins Wasser. Zusammen schauen wir, wie das Wasser die schaumige Spucke trägt. Bis zum Ozean, zum unendlichen Ozean. Ist unser Herz töricht oder verstarret?, fragt er. Sehr leise sagt er, leiser und langsamer als der Bach: Auf eine ordentliche Frage gibt es eine Antwort, und die Antwort kann es nicht eher geben als die Frage.

86. (Ein Tag später.) Es steht außer Frage, welchen Bleistift ich benutze. Den Gepardbleistift. Ich habe ihn lange gesucht, doch ich habe ihn gefunden. Wo waren wir? Wo sind wir? Wo bin ich. Ja, dass ich verspottet wurde, mir die Purpur ausgezogen und die eigenen Kleider angezogen wurden. Ich Unglückseliger. Wenn man mich verspotten kann, dann bin ich auch lächerlich. Daran habe ich bisher noch nicht gedacht, an den unglückseligen und lächerlichen Gott. Und führeten mich hinaus, dass sie mich kreuzigten. Und zwungen einen, der vorüberging, mit Namen Simon von Kyrene, der vom Felde kam, der ein Vater war Alexandri und Rufi, dass er mir das Kreuz trüge. Und sie brachten mich an die Stätte Golgatha, das ist verdolmetscht, Schädelstätte. Und sie gaben mir Myrrhen im Wein zu trinken und ich nahms nicht zu mir. Und da sie mich gekreuziget hatten, teileten sie meine Kleider und worfen das Los drum, welcher was überkäme. Und es war um die dritte Stunde, dass ich gekreuzigt wurde.

Ich lege mich ausgebreitet auf den Stein, wie er verlangt hat. Tu 87.
deinen Kopf zur Seite wie auf ein kleines Kissen. Und schau auf meine Füße. Auf meine Fußsohlen, also unten, wo ich auf dem Stein stehe. Unter dem Laub, das über den Bach hängt, hat sich, vom Gipfel-Stein aufgehalten, ein kleiner See gebildet. Auf jeden Fall eine ruhige Wasseroberfläche. Rutsch nach vorn, damit du schräg zurückblicken kannst. Damit der herabhängende Baum hinter mir ist. Als würde ich überall gestreichelt, so fühlt sich der Stein an. Als würde ich geliebt. Quatsch. Jetzt schau, wo ich stehe. Na, auf dem Stein, wo sonst. Aber schau nicht nur auf mich, sondern auch dahinter auf das Wasser, auf beides gleichzeitig. Warte, ich stelle mich auf die Zehenspitzen, jetzt schau. Wo stehe ich? Ist es nicht, als stünde ich auf dem Wasser? Und nun mache ich Schritte, siehst du, na bitte. Nichts ist vergeblich. Siehst du?

88. Ich sehe, mein Bruder läuft auf dem Wasser. So dass sogar die Verzweiflung unmöglich ist. Die Sonne scheint mir in die Augen. Wie ein funkelndes Messer, so. Plötzlich rolle ich auf die Seite. Eine Kegelkugel, ich stoße ihn von den Beinen. Knochen. Er kippt ins Wasser. Reglos liege ich auf dem Rücken, mein Kopf auf seinem Heft. Auf dem Heft. Die Schrift geht mir in den Kopf, das kommt mir in den Sinn, aber nicht im Ernst. Er hat die Arme ausgebreitet, dreht sich nach außen und nach oben, statt eines erschrockenen Schreis weinendes Seufzen. Das Wasser ist flach, ich höre das klatschende Platschen nicht. Stille, wieder gluckst nur der Bach. Der Himmel ist milchweiß, keine wolkenartigen Wolken, das Blau ist kaum bedeckt. Alles ist etwas dunkler. Ich weiß, dass er es nicht hört, trotzdem sage ich es. Glaub mir, auch wenn der Teufel schlau ist, er ist auch dumm. Ins Herz schaut er dir nicht. Ich nehme das Heft mit hinauf ins Haus. Der Pfad, der Schlossbaum, die Beete. Großmutters Abdruck ist nicht mehr zu sehen. Und diese Reihenfolge ist umgekehrt: Der erste Stall neben dem Tor ist für die Enten und Gänse, der zweite für die Säue, der dritte für die Schafe, der vierte für die Mastschweine. Mein Rücken wird krumm, ich ziehe die Schultern zusammen, als fürchtete ich, mir den Kopf einzuschlagen. Schleichst du herum?, würde mein Bruder sagen. Keiner sagt etwas, keiner fragt etwas. Ich bin allein im Zimmer. Zitternd stehe ich am Fenster. Alles ist möglich. Es wäre auch nicht überraschend, wenn alles in die Luft flöge. Es hat angefangen zu regnen. Ich stehe am Fenster und betrachte den Regen.

89.

Es ist, als ob ich genauso auch auf der Beerdigung stünde. Seit dem Tod meines Bruders sage ich häufiger »als ob«. Als ob ich mit Vergleichen an ihn erinnerte. Als ob ich manchmal eine Blume auf sein Grab legte. Und zuweilen spreche ich auch wie er. Blumen auf dem Grab, aus Wörtern. Na so was. Als ob ich auch jetzt hinter dem Fenster stünde. Ich betrachte die Luft. Früher war die Luft wie das Nichts. Jetzt ist es, als ob es das Nichts gar nicht gäbe. Als ob überall etwas wäre. Gott. Doch der fällt mir nur so ein, dass mir einfällt, dass er mir einfallen müsste. Alle weinen, auch ich. Nur meine Mutter nicht. Die Leiche wurde schnell gefunden, das Wasser hatte sie bis zur Mühle gespült. Ich habe gesehen, wie er in den Bus nach Tarján stieg, behauptete der Blöde Józsi, doch er irrte sich. Er zuckte die Achseln, Gott muss ein verdammtes Genie sein. Dieser verfluchte Bach, murmelte Tante Róza. Die Kuh und jetzt das Kind. Meine Mutter sprach das Wort »Gott« aus. Gott, das war alles. Verstehe es der, den es betrifft. Was mein Vater gemacht hat, daran erinnere ich mich nicht. Sicher die Kneipe. Trinken Sie, Doktor, verdammt. Nicht, als ob das helfen würde. Mich fragte keiner. Ein gutes Gefühl. Als ob ich träumte und sogar entscheiden könnte, was. Ich bin anders, so wie alle.

90. Auch ich bin anders, als zu sein ich mir einbilde. Dies wissen, das ist die Vergebung.

91.

Ich bilde mir nichts ein. Ich schaue, was ist. Für einen Augenblick sieht die krause Wolke aus, als stünde Mári über mir. Im Prinzip thront dort, wo die Wolke ist, der Herrgott. Aber schon wird sie vom Wind auseinandergeweht. Mein Bruder meinte, am Golgatha wehte pausenlos der Wind. Alle hatten Kopfschmerzen, Christus, die Soldaten, die Gaffenden, natürlich auch die beiden Schächer. Ein stechender Schmerz, der Kopf wie gespalten, in Stücke zerhackt. Er sagte es auf eine Weise, dass ich nicht fragen wollte, woher er das wusste. Ich werde niemals wissen, was er wusste. Ich fahre fort – ich weiß nicht, womit. Oder besser, es fährt fort. Eine Geschichte kann nicht stehenbleiben. Ins Stocken geraten vielleicht. Die Großmutter haben wir nicht mit hinaus auf den Friedhof geschleppt. Jetzt muss man sie hinausschieben, als wären wir rausgezogen. Man konnte ihr nicht mehr in die Augen sehen. Sie hatte keinen Blick, sie war wie der Walnussbaum. Dort ist der Hund angebunden. Wenn eine Nuss in seinen Kreis fällt, muss man sie mit dem Stock herausfischen. So ist im Umkreis des Baums immer etwas los. Die Großmutter hatte keinen Umkreis mehr. Sie hatte einen gehabt, doch der war vergangen. Ich schob sie in die Sonne. Hätte ich sie nicht geschoben, wäre es auch so gut für sie gewesen. Sie starb in diesem Stuhl. Ich sah, wie die Engel ihre Seele davontrugen. Ich sah es nicht, aber es wäre gut gewesen, es zu sehen. Doch ich sah, was der Tod ist. Der Speichel bewegt sich noch zwischen den beiden Lippen, aber nichts weiter. Nichts. Der zitternde, widerliche Speichel: Das ist der Tod. Auch der Tod ist widerlich. Und allein er macht sich im Rollstuhl der Großmutter breit. Gott?, das müsste ich fragen, doch ich frage es nicht.

92. Ich blieb allein. Das war nicht gut. Mich in der Sonne stehen sehen. Meinen Schatten auf dem Stein und Zaun. Ich blieb allein mit der Geschichte. Ich schaue immer zu, wie Tante Róza Brot knetet. Ich betrachte den Teig, auch die Geschichte scheint so zu sein. Dass er die Schüssel ausfüllt, dass er alles von dort verdrängt, nur er existiert, und das zukünftige knusprige Brot. Aber das von Tante Róza ist nicht knusprig. Brot ist gegen Hunger, nicht zum Genuss. Beim Wort »Genuss« errötet sie wie ein Backfisch. Ich denke, als wäre es eine Lösung, dass jeder stirbt. Jeder soll sterben. Natürlich auch Jesus. Hinter meinem Bruder ist schon ein Häkchen. Auch die Gastgeber sollen gehen. Ihr Land bekommen sie ohnehin nicht zurück, und etwas anderes interessiert sie nicht. Vielleicht ist das Brot anders. Tante Róza wartet dann, bis der Teig aufgegangen ist. Auch zum Backen reicht die Zeit noch, das ist ebenfalls eine Geschichte. Mári umarmt meine Mutter, und so. So erstarren sie in Ewigkeit. Ich glaube, meinem Vater ist es egal, wie. Ich weile neben meinem Leben. Sieh an, Sie weilen!, das haben Sie irgendwo gelesen, mein Herz. Ich vermute, in einem Mädchenroman. Stichele doch die Fotze deiner Mutter, Sie können nur sticheln, Sie sind eine einzige Stichelei. Meinen Vater interessieren Fragen des Stils nicht, doch stilecht wäre, wenn er sich beim Schnapstrinken verschluckte und erstickte. In der Kneipe würde man es nicht einmal bemerken. Er würde husten, rot anlaufen, sein schweißüberströmter Kopf würde auf den furnierten Tisch knallen. Auch der ist weggesackt, verdammt. Glücklich würde er in dem säuerlichen Gestank schlafen. Jetzt fallen mir nicht alle ein, aber alle sollen sterben. Alle sind alle, da gibt es keine Ausnahme.

93.

Es gibt keine Ausnahme, Polizist Gyuri ginge von Tor zu Tor, er würde nicht grüßen, er würde nur so in die Bauernhöfe einfallen. Auch bei der Konfiszierung hat er nicht gegrüßt. Das fiel damals gar nicht auf. Sie kamen und grüßten nicht. Mal brüllten sie, mal nicht, mal schlugen sie, mal nicht, doch nie grüßten sie. Weder als sie kamen noch als sie gingen. Mörder grüßen nicht, dabei ist Gyuri gar kein Mörder. Gelobt sei der Herr Jesus Christus. Er würde den Hof Richtung Stall überqueren, nicht nach rechts oder links schauen, umginge instinktiv den Kreis des Hundes, risse die Stalltür auf. Die ist überall anders verschlossen, mit Riegel, mit Schlüssel, mit Holzstütze. Er scheint sie zu kennen. Er scheint sie mit dem Fuß einzutreten. Er würde zu dem Pferd gehen, es am Nacken packen, Wirbelwind du, Laci du, wie in der Kneipe die Männer, Alter, auf die unendliche Macht des Schicksals, er würde ihm unbekannte Wörter zuflüstern, mit einer schnellen Bewegung seine Dienstwaffe ziehen und ihm, so wie sein Vater sich selbst, aus nächster Nähe in die Schläfe schießen. Blut spritzte und Hirn. Das Tier bräche mit großem Krach zusammen. Gäbe es ein zweites Pferd, wäre es schwerer. Man könnte nicht nah herangehen. Dann von weitem wie beim Scheibenschießen. Der Krach wäre der gleiche. Keiner hört, wie die Kugel den Knochen durchschlägt, nur Gott. Ist es so? Hörst du es? Bei jedem Pferd? Und wie ist es? Scheitern oder Triumph? Oder vergehen nur die Stunden. Werden voll, aber vergehen nicht? Ein drittes Pferd gibt es nicht.

94. Es gibt nichts außer der Geschichte. Sie steht geschrieben. Und es war oben über mich geschrieben, was man mir schuld gab, nämlich, ein König der Juden. Und sie kreuzigeten mit mir zween Mörder, einen zu meiner rechten und einen zur linken. Ich schreibe mit der linken Hand. Mit deiner schändlichen Hand, Tante Róza schüttelt den Kopf. Sagen Sie das nicht, »schändlich« gibt es nicht. Warum sollte es kein »schändlich« geben, mein Irénchen? Nehmen wir nur das Dorf. Zum Beispiel unseren Priester. Die Schande der Welt, mein Irénchen. Der Herrgott hat ihm die Fresse gelähmt, er kann nichts dafür, aber dennoch. Und ist es nicht schändlich, was mit Ihnen geschehen ist? Innerhalb von vierundzwanzig Stunden? Ans Ende der Welt? Und ist es nicht die Schande der Welt, dass man uns die Felder und Tiere weggenommen hat? Ungeheuerlich, mein Irénchen, ungeheuerlich. Meine Mutter schweigt. Sie schweigt zu so vielem. Und die Trockenheit zum Beispiel. Wie die Saat verwelkt. Ist das nicht schändlich? Jemand müsste sich darum kümmern. Entweder der Herrgott oder die LPG. Schauen Sie nur, wie groß diese Mohrrübe ist. Das ist keine Rübe, das ist eine Schmach. Und wessen Schmach? Na, ganz sicher nicht meine. Wo ist da die Vorsehung? Ich sehe, dass Gott Irénchen nicht sonderlich interessiert. Irénchen weiß es. Aber ich würde doch fragen, ob das so in Ordnung ist?

95.

Meine Mutter schweigt. Sie schweigt zu so vielem. Deinem Vater, so hätte sie meinem Bruder erzählt, hatten wir ordentliche Papiere besorgt. Es muss Sonntag sechs Uhr gewesen sein, der 19. März, wir schliefen alle, und der Freund meines Schwiegervaters, ein christlicher Anwalt, rief an. Von meinem Bett aus, das auch das Bett deines Vaters war, doch ich weiß, du hast es nicht gern, wenn ich davon rede, sah ich, wie mein Schwiegervater bleich wurde. Dann sagte er: Weißt du etwas Ermutigendes? Wie er die Antwort hörte, lächelte er bitter. Als er den Hörer aufgelegt hatte und es Mama Eszter erzählte, stellte sich heraus, dass der Freund auf die Frage nach der Ermutigung geantwortet hatte: Nur wenn ich eine Frau wäre. Dann könnte ich jetzt sagen, ich habe keine Unterhose an. Offensichtlich verstehst du das noch nicht, nicht so schlimm. Die Sprache ist dem Menschen gegeben, um seine Gedanken zu verbergen. Am selben Tag riefen meine Großeltern aus Komárom an, Mariska und ich sollten sofort aufs Land kommen, weil Pest bombardiert werden würde. Gott begeht keine bösen Taten, passt auf euch auf, so verabschiedeten sie sich. Doch am Nachmittag ließ man mich nicht mehr in den Zug, weil die alten Papiere deines Vaters nicht in Ordnung waren. Seine waren in Ordnung, er fuhr auch ab, ich sollte hinterherkommen. So wurde ich nicht deportiert und kam nicht ins Lager. Ich konnte wieder heiraten. Was soll ich sagen, nicht nur das Gute, auch Gott selbst ist zum Werkzeug des Bösen geworden. Meine Mutter schweigt.

96. Und ist es in Ordnung, dass mein Mann einfach so eingesperrt wurde? Weil er sein ganzes Leben lang gearbeitet hat? Weil er den Acker liebte? Es ist nicht in Ordnung, Irénchen. Und wenn der Herr in seiner unendlichen Güte Mohrrüben geschaffen hat und Petersilienwurzel und Kohlrabi, warum hat er dann den dazugehörigen Regen vergessen? Unseren Priester frage ich nicht, aber Sie frage ich, Irénchen, Sie sind nicht voreingenommen. Hat man uns einen faulen Gott aufgehalst? Meine Mutter lacht. Kann ich das aufschreiben, meine Róza? Alles, meine Liebe, alles. Kann ich Sie etwas fragen? Alles, meine Róza, alles. Warum lachen Sie immer so viel? Lachen ist gut, oder nicht? Nein. Lachen ist nur gut, wenn man einen Grund hat. Wer ohne Grund lacht, ist dämlich. Doch ich sag Ihnen noch etwas, ich weiß, Sie werden nicht lachen. Ist es denn nicht eine Schande, wie man Ihren ersten Mann abtransportiert hat? Den die Deutschen so vernichteten. Seien Sie mir nicht böse. Meine Mutter schweigt. Sie hat den Kopf gesenkt wie mein Vater sonst. Ich höre nur, was sie sagt. Die Schändlichkeit Gottes. Und: Damit also das Böse nicht wäre, müßte Gott selbst nicht sein. Ich halte mich am Bleistift fest, als würde das helfen. Im Zimmer sehe ich zwischen den beiden Frauen gleichzeitig das silberne Jesuskind und den Gekreuzigten. Ich denke nichts. Etwas schmerzt. Vielleicht, dass meine Mutter nicht lauter geantwortet hat.

Diesmal gibt es hier keine Verknüpfung. Und die vorübergingen, lästerten mich und schüttelten ihre Häupter und sprachen: Pfui dich, wie fein zerbrichst du den Tempel und baust ihn in drei Tagen. Hilf dir nun selber und steige herab vom Kreuze. Desselbigen gleichen die Hohenpriester verspotteten mich untereinander samt den Schriftgelehrten und sprachen: Er hat andern geholfen und kann sich selber nicht helfen. Ist er Christus und König in Israel, so steige er nun vom Kreuze, dass wir sehen und glauben. Und auch die mit mir gekreuzigt waren, taten mir Schimpf und Schmerz an. 97.

98. Mit Schmerzen, mit Kraft und mit Schmerzen drücke ich meinen Bleistift. Es ist der Bleistift meines Bruders, das Heft meines Bruders, aber jetzt gehören sie mir. Egal, wem sie gehören, Bleistift, Heft, nur schreibe er, nur nehme es die Schrift auf. Ich drücke ihn so kräftig, dass die Spitze abbricht. Ungeschickt spitze ich sie. Großmutters Schweizer Messer habe ich bekommen. Ich habe es für die Schatzkammer geklaut. Wie geht es weiter. Und nach der sechsten Stunde ward ein Finsternis über das ganze Land bis um die neunte Stunde. Und um die neunte Stunde rief ich laut und sprach: Eloi, eloi, lama sabachthani? Das ist verdolmetscht: Mein Gott, mein Gott, warum hast du mich verlassen? Und etliche, die da bey stunden, da sie das höreten, sprachen: Siehe, er rufet dem Elias. Da lief einer und füllte einen Schwamm mit Essig und steckte ihn auf ein Rohr und tränkte ihn und sprach: Halt, lasst sehen, ob Elias komme und ihn, also mich herabnehme. Aber ich schrie laut und verschied. Und der Vorhang im Tempel zerriss in zwey Stück, von obenan bis untenaus. Der Hauptmann aber, der da bey stund, mir gegenüber und sahe, dass er mit solchem Geschrey verschied, sprach: Wahrlich, dieser Mensch ist Gottes Sohn gewesen.

99.

Der Zettel meines Bruders in der Schatzkammer: Maulbeerbaum im Hof * ein Fohlen, Wirbelwind * pferdegezogene Sämaschine vom Typ Kühne aus den 1910er Jahren * Wie geht es weiter. Du verschwandest, als tauchtest du auf, als kämest du und gingst nicht, weg, für immer. * handbetriebene Schälmaschine, Häcksler, Futterrübenschneider * Wie schön. Großmutters erste Wörter: Jasmin aus Aleppo, Pfirsiche aus Oman, Wasserlilien aus Damaskus. * die Mitwisser der Grősz-Bande. Ich habe doch an den Herrgott geglaubt. Bis zum 10. Mai muss die Luzerne geschnitten sein, sonst wird sie von grünen Raupen befallen. * Attribute: trauriger, glücklicher Gott, einsamer, merkwürdiger, stutzig machender, unergründlicher, schweigsamer, unglückseliger und lächerlicher, allmächtiger, armer, zusammengerechneter * Brocken, Bo-ocken

100. Aber ich schrie laut und verschied. Und der Vorhang im Tempel zerriss in zwey Stück, von obenan bis untenaus. Der Hauptmann aber, der da bey stund, mir gegenüber und sahe, dass er mit solchem Geschrey verschied, sprach: Wahrlich, dieser Mensch ist Gottes Sohn gewesen.

Aber ich schrie laut und verschied. Und der Vorhang im Tempel zerriss in zwey Stück, von obenan bis untenaus. Der Hauptmann aber, der da bey stund, mir gegenüber und sahe, dass er mit solchem Geschrey verschied, sprach: Wahrlich, dieser Mensch ist Gottes Sohn gewesen. 100.

100. Aber ich schrie laut und verschied. Und der Vorhang im Tempel zerriss in zwey Stück, von obenan bis untenaus. Der Hauptmann aber, der da bey stund, mir gegenüber und sahe, dass er mit solchem Geschrey verschied, sprach: Wahrlich, dieser Mensch ist Gottes Sohn gewesen. Evangelium des heiligen Markus. Dies ist der Anfang des Evangeli von Jesu Christo, dem Sohn Gottes. Als geschrieben stehet in den Propheten: Siehe, ich sende meinen Engel vor dir her, der da bereite deinen Weg vor dir. Es ist eine Stimme eines Predigers in der Wüsten:

Es gibt kein Ende. Das ist der Schluss.

Anmerkungen

Ich habe die Faksimile-Ausgabe der Károli-Übersetzung [die Luther-Übersetzung 1545 (Letzte Hand) – H.F.] verwendet, sie mehr oder weniger in die heutige Rechtschreibung gebracht und ein bisschen hineingeschmiert (zum Beispiel die dritte in die erste Person verwandelt usw.).

1. Seite: »Das ist der Beginn.« In János Pilinszkys Tagebuch las ich folgenden Satz: »Das ist der Schluss.« Der ist hier ganz am Ende zu finden.

4. Seite: »Und es flöge, was fliegen muss.« Lockere Nietzsche-Anspielung: »Sieh nur, was fliegen muß, das wird schon fliegen.« Ich habe es schon einmal zitiert, in der *Kleinen Pornographie Ungarns*, Berlin Verlag Taschenbuch, 2014, S. 101: »Ich glaubte ihr kein Wort. Sie war von mir angewidert. Wir haßten uns selbst in dem anderen. Aber es kam auch vor, daß die Gemütsbewegung nachließ. Einmal gingen wir gemeinsam zum Markt am Lehel Platz und wollten Suppengrün kaufen. Ein Mann verkaufte kleine bunte Luftballons, plötzlich kam Wind auf, und die Luftballons schnellten in die Höhe. Ihr Besitzer bemühte sich mit aller Kraft, sie festzuhalten. Sieh nur, unsere Mutter, sagte Ilon und zeigte in die Richtung. In diesem Augenblick konnten sich einige Ballons befreien und flogen hinauf in den luftigen Himmel. Ilon jauchzte. *Sieh nur, was fliegen muß, das wird schon fliegen!* Aber das war nur eine Episode.«

Woher es genau stammt, habe ich im Internet jetzt nicht gefunden. Doch ich bin ziemlich ungeschickt. Es steht in einem der Hefte im Umkreis von KPU. Nur das Heft ist nicht – zur Hand. Das ist dieselbe Hand, die im Internet stöbert.

Wie im Film: Einige Jahre später: Ich habe das Buch gefunden, in dem ich es gelesen habe: Wildner, Ödön: *Nietzsche romantikus korszaka* [Nietzsches romantische Epoche].

»Der achtzehnjährige Jugendliche war damals körperlich-seelisch wirklich gereift. Ein kräftiger junger Mann mit breiten Schultern, an dessen Körper sich keine abnormale Entwicklung zeigte. (Er war 171 cm groß, doch durch seinen soldatischen Habitus wirkte er größer. Er war genauso groß wie Goethe, wie er das im Frankfurter Goethe-Haus an einem erhaltenen Metermaß des Dichters selbst feststellte.) Sein sonnengebräuntes gesundes Gesicht war von langem, dichtem dunkelblondem Haar umrahmt, der aufgrund der Kurzsichtigkeit seiner Augen angestrengte Blick strahlte einen lebendigen Geist und Schaubegierde, große Selbständigkeit und Entschlossenheit aus, seine Selbständigkeit und der Flug seiner Seele bereiteten seiner Mutter, die um das Kind mit zärtlicher Liebe fürchtete, gewiss ein wenig Sorge. Das zeigt der folgende kleine Fall. Zu der Zeit spazierte Nietzsche zusammen mit seiner Schwester auf dem Markt, auf dem ein Mann kleine bunte Luftballons verkaufte. Plötzlich kam Wind auf, und die Luftballons schnellten in die Höhe. Ihr Besitzer bemühte sich mit aller Kraft, sie festzuhalten. ›Sieh nur, unsere Mutter‹, sagte Friedrich und zeigte in die Richtung. In diesem Augenblick konnten sich einige Ballons befreien und flogen hinauf in den luftigen Himmel. Nietzsche jauchzte: ›Sieh nur, was fliegen muß, das wird schon fliegen!‹«

15. Seite: Markus 1,1–5

16. Seite: »Durch die Freude dringt die Schönheit der Welt in unsere Seele ein. Durch den Schmerz dringt sie in unseren Körper.« Simone Weil: *Die menschliche Person und das Heilige*

»Diese von Gott abgeguckte Liebe verlangt von Gott nichts, weder Liebe noch Gunst, nichts, nicht einmal Gegenliebe.« »Wer Gott liebt, kann nicht danach streben, daß Gott ihn wieder liebt.« Sagt Spinoza, zitiert Simone Weil.

22. Seite: 5. Mose 5,11

24. Seite: Auf der linken Seite meines Heftes, wohin ich meine, sagen wir, technischen Anmerkungen schreibe, steht die Notiz »Levente Balázs Martos, *Vigilia*, 2014/3«. Diese Nummer enthielt Artikel über den leidenden Menschen, die ich las und die auch ihre Wirkung taten. Hier finde ich nicht, welcher Satz genau das wäre. Es steht zwischen den Zeilen, würde ich sagen, und wenn es geht, ist das nicht als Scherz gedacht. – Nachbemerkung oder die Rache der Philologie oder der Triumph der Schlampigkeit: Martos' Artikel ist in der Nummer 2014/4, in der Nummer 3 sind Imre Kertész' überwältigende Tagebuchnotizen aus den neunziger Jahren (mit dem wegweisenden Titel *Útvesztő* [Labyrinth]). Von diesen wird noch die Rede sein.

25. Seite: »Übereile nichts, er wartet ab, wer du sein wirst, sagt sie wiederholt, nicht zu mir, nicht zu meinem Bruder, irgendwie zwischen uns. Aus irgendeinem Grund erschreckt uns das. Er wartet ab, wer ich sein werde. Ist das gut für mich? Ihr steht hier auf einem Haufen, Großmutter lacht, Gottes Haufen.« Der Anfang des Zitats stammt aus Tamás Halmais Gedicht *Erdei hittan* [Religionsstunde im Wald], *Vigilia* 2014/4, wie das mehr oder weniger die Intarsie am Zitatende zeigt [im Ungarischen zeigte – H.F.].

Das »ein wortloser Gott und das gottlose Wort« auf dieser Seite stammt aus Gerhard Eberlings Schrift *Gott und Wort*.

»Es ist kein Gott.« Buch der Psalmen 14,1. Ich fürchte (und hoffe), aus dem Textzusammenhang gerissen.

27. Seite: 0, 1, 1, 2, 3, 5; dies ist die Fibonacci-Folge, doch bleibe es besser ein Geheimnis; wer es bemerkt, bemerkt es, wer nicht, der nicht. Und dabei haben wir noch gar nicht gefragt, was dann ist.

»Mit Gänseküken ist es noch besser. Sie quieken, wenn du sie ins Klo wirfst.« Dieses Kindheitserlebnis scheint tief zu sitzen, siehe *Harmonia Cælestis*, Berlin Verlag 2001, S. 766: »Mein Bruder warf einmal, nicht deswegen, die kleinen Enten ins Plumpsklo. ›Sie haben so schön gequiekt.‹«

30. Seite: Für diese Seite habe ich László Villányis Gedicht *A biciklista* [Der Radfahrer] umgeschrieben.

DER RADFAHRER

für Bruno Schulz

Die einzige unerklärliche Darbietung meines Vaters war: Er konnte stundenlang untätig herumsitzen, wurde im Sessel von der Nacht ereilt. Vielleicht war er zu Fuß auf dem eingeschneiten Karpatenkamm unterwegs, stieß wieder auf seinen Kameraden, der sich in den Kopf geschossen hatte, spielte als kleiner Junge im Labyrinth der Holzstapel, machte den Frauen den Hof, animierte wieder und wieder die Freundin seines jungen Kollegen zum Handstand, wobei ihre Brüste aus dem Badeanzug quollen, oder bereute schon, dass er seiner Frau das Blaue vom Himmel versprochen hatte, dass er sie nicht glücklich machte. Früher war er ein echter Vater gewesen: Wenn er mich auf den Sitz des Fahrrads gesetzt und zum Fluss mitgenommen hatte, war auch die Panne kein Problem, hatte er im Wasser das Loch gesucht, das die Blasen warf, klebte er sorgfältig den Schlauch, er konnte das Fahrrad in Teile zerlegen und zusammensetzen, er beherrschte es vollkommen, als er nicht mehr lenkte, da begann er zu sterben, rutschten ihm endgültig die Füße von den Pedalen.

34. Seite: »Zsófia Pázmándi tobte.
Sie schien systematisch das Zimmer, die gesamte Einrichtung liquidieren zu wollen. Die halbmannshohen, verzierten (und sehr

teuren) chinesischen Vasen waren bereits kurz und klein geschlagen, die letzte hob sie gerade über den Kopf, machte mit ihr wie mit einem kleinen Bierfass zwei Schritte und schleuderte sie in den großen barocken Standspiegel.

›Nein‹, flüsterte Schweidenfeldt unwillkürlich, doch sogleich fiel ihm ein, dass in dem Salon alles ein Geschenk Nyárys war. Während Bild und Spiegelbild eins wurden, die Welt explodierte, Glas und Porzellan durcheinanderspritzten.

›Was machen Sie, meine Liebe?‹, flüsterte der Mann vor sich hin. Die Frau machte ungerührt weiter, eine Furie, ein Wirbelwind, mit einer Bewegung fegte sie alles von der Kommode, die vom Silberrahmen geschützten Fotografien, die winzigen Silber- und Porzellanfiguren und eine Károli-Bibel. Keuchend hielt sie inne, blickte sich heiter inmitten der Zerstörung um. Der Mann starrte wie gebannt. Auch ihm kam das heiße, rosafarbene Beben in den Sinn.

›Was machen Sie, meine Liebe?‹, fragte er so schön wie früher.

›Ich fürchte, du Hundsfott, ich fürchte, ich bete.‹«

Das ist die [dreiundachtzigste Seite] der *Mantel-und-Degen-Version*.

35. Seite: Markus 14,1–2 und 10–18

36. Seite: »Ich will sie nicht kopieren, sondern Seiten hervorbringen, die mit dem Original übereinstimmen.« Der Satz stammt sinngemäß aus Jorge Luis Borges' Schrift *Pierre Menard, Autor des Quijote*.

36.–37. Seite: »Eine Geschichte erzählt nur, wer glaubt, eine Geschichte erzählen zu können.« Na, das ist endlich aus Levente Balázs Martos, *Vigilia* 2014/4, *Jézus szenvedésének története Szent Márk evangéliumában* [Jesu Leidensgeschichte im Evangelium des heiligen Markus].

38. Seite: »Für Tagelohn hacken, Möhren stechen, ernten, wurmstichiges Getreide aussortieren.« Zitat aus Pál Závadas Arbeit *Kulákprés* [Kulakenkelter]. Sie könnten durchaus auch aus eigener Quelle stammen (autobiographische Blasiertheit aus dem ungarischen Lied (der ungarischen Weise), das mit den Worten beginnt: »Ich war schon volkstümlich, also Bauer, als Ihr noch …«).

Das Ende der Seite nach dem erwähnten Kertész-Tagebuch.

43. Seite: »Gottes Bankrott ist aber nicht der Tod Gottes, vielmehr der des Menschen.« Nach Kertész. Bei ihm: »Wenn Auschwitz vergeblich ist, ist Gott bankrott gegangen; Gottes Bankrott bedeutet nicht den Tod Gottes, sondern den des Menschen.«

44. Seite: »Eine kindische Frage.« Als völlig kindisch bewertet Kertész die Frage: »Wo war Gott in den Tagen von Auschwitz?« Er merkt an, dass auch der Aal im Plattensee fragen könnte: Wo war Gott, als das Abwasser von Fűzfő in den See gelassen wurde? Der Absatz endet mit den Worten: »Der Mensch ist mal mörderisches Kind, mal geschlagenes Kind und mal beleidigtes Kind: wann wird er endlich erwachsen?«

45. Seite: Markus 14,32–38,43

46. Seite: Markus 14,44–50

50. Seite: Markus 14,66–72

54. Seite: »widerliche Aaskrähen unseres Vaterlandes« Závadas Sammlung

54.–55. Seite: Markus 15,1–5

57. Seite: Markus 15,6–14

68. Seite: »Seinen Mund hatte der Kummer zur Seite verzogen, so presste er die Wörter heraus. Diese aber kannten die Zeit nicht, immer wieder kamen sie umherirrend zum Vorschein. (Was ist Zeit? *Wann* ist Gegenwart?)

So warst du, mein Herr, im Traum, liebenswürdig und zerbrechlich.

Etwas habe ich noch nicht gesagt. Deine Augen. Die Augen von András Bölcs. Denn wenn er sprach, erzählte er die eigene Geschichte, die dramatische Geschichte seines Gehirns, er erzählte sie mit gewisser Heiterkeit, aber nicht optimistisch, er verheimlichte die Schwierigkeiten nicht, die er nunmehr hinter sich gelassen hatte, die noch auf ihn warten würden und die ihn in jedem Augenblick seines Lebens mit enormem Gewicht drückten, seine Augen waren ganz verschattet. Da saß eine unendliche Traurigkeit wie ein selbständiges Wesen, von ihm und auch von seinem Kummer unabhängig.

Als stünde hinter den Kümmernissen ein größerer Kummer.

Du bist dieser Kummer, mein Herr, murmelte ich früh im Halbschlaf der Verantwortungslosigkeit.

Du, der traurige Gott.«

(Eine) [unnummerierte Seite] der *Mantel-und-Degen-Version*

[*71. Seite:* »Darüber kann man nur lachen, denn ein Monokel ist keine Brille, sondern wenn ich dir eine reinhaue und dein Auge blau wird. Oder deins!« Der deutsche Leser kann darüber nur lachen, wenn er nicht das allseits bekannte Veilchen, sondern das wahrscheinlich bloß Medizinern bekannte Monokelhämatom assoziiert. – H. F.]

74. Seite: Markus 15,15

75. Seite: Markus 15,16–20

78. Seite: »(ein hierhergeratener Arbeitszettel)

›Komme, du Fotze, verdammtes, elendes, ungarisches Leben, komme, so viel kann man vielleicht erwarten, du aasiges Aas, du!‹

›Fick mich, dann komme ich. Stampfst hier hinter meinem Arsch herum, stößt, kämpfst, drückst … Stöbern wir doch nach deinem so berühmten Schwanz.‹«

Von der [zweiundvierzigsten Seite] der *Mantel-und-Degen-Version*.

Laut der mit Fragezeichen versehenen Anmerkung auf der linken Seite des Heftes scheint auch Simone Weil die Seite beeinflusst zu haben, doch selbst wenn ich gehängt würde, könnte ich nicht sagen, wie genau.

Oder doch. Dass das Gebet nicht da ist, sondern kommt, das könnte die Weil sein.

81. Seite: »… als er nicht mehr lenkte, da / begann er zu sterben, rutschten ihm endgültig die Füße von den Pedalen …« Schlussverse des Gedichts *A biciklista* [Der Radfahrer] von László Villányi

»… auch das Alter meiner Mutter war zwar fremd, aber dass ich mit ihr zusammen alt werden durfte, betrachtete ich immer als ein großes Geschenk des leeren Himmels …« Aus *Keine Kunst*, Berlin Verlag, 2009, Seite 137, leicht umgeschrieben, genauer gesagt: umgeleert.

82. Seite: »Es ist unzulässig, etwas anderes zu hassen als die Ewigkeit.« Lampedusa-Satz. Aber woher genau …

»Jetzt habe ich dich zum letzten Mal geküsst.« Das habe ich in Luc Bessons Film *Nikita* gehört. Anne Parillaud sagt es zu Tchéky Karyo, mit Anna Ráckevis zauberhafter Stimme. Wenn ich richtig gegoogelt habe. »Sind wir im Paradies, Herr, oder nicht?« Auch das ist dort zu hören, es wäre hier im Roman gut gewesen; jetzt ist es schon zu spät.

83. Seite: Die Teile über das Gebet stammen aus der *Mantel-und-Degen-Version* [vierundsiebzigste, sechsundsiebzigste Seite].

»Du kannst schön schweigen, mein Herr. Wenn ich dich frage, schweigst du, und wenn es keine weiteren Fragen mehr gibt, wird das die wahre Antwort sein.« Bei dem großen Ludwig lesen wir (Wittgenstein, *Tractatus logico-philosophicus*, 6.52): »Wir fühlen, daß selbst, wenn alle *möglichen* wissenschaftlichen Fragen beantwortet sind, unsere Lebensprobleme noch gar nicht berührt sind. Freilich bleibt dann eben keine Frage mehr; und eben dies ist die Antwort.«

84. Seite: Markus 6,45–50

85. Seite: Markus 6,51–52

»Sehr leise sagt er, leiser und langsamer als der Bach: Auf eine ordentliche Frage gibt es eine Antwort, und die Antwort kann es nicht eher geben als die Frage.« Auch das klingt nach Wittgenstein. Ich habe es gesucht, aber nicht gefunden. Man müsste Katalin Neumer fragen, sie weiß alles, was »Wittgenstein« ist (und noch vieles mehr).

86. Seite: Ich sehe Weils Namen auf der linken Seite, offensichtlich in Zusammenhang mit dem Unglückseliger-Satz. »Wenn man mich verspotten kann, dann bin ich auch lächerlich. Daran habe ich bisher noch nicht gedacht, an den unglückseligen und lächerlichen Gott.«

Markus 15,20–25

87. Seite: »Nichts ist vergeblich.« Simone Weil

88. Seite: »So dass sogar die Verzweiflung unmöglich ist.« János Pilinszky

»Die Sonne scheint mir in die Augen. Wie ein funkelndes Messer, so.« Zarte Anspielung auf Albert Camus' *Der Fremde*

»Glaub mir, auch wenn der Teufel schlau ist, er ist auch dumm. Ins Herz schaut er dir nicht.« János Pilinszky

»... der erste Stall neben dem Tor ist für die Enten und Gänse, der zweite für die Säue, der dritte für die Schafe, der vierte für die Mastschweine.« Pál Závada, a.a.O.

89. Seite: »Gott muss ein verdammtes Genie sein.« Das sagt Al Pacino in dem Film *Der Duft der Frauen*. (God must have been a fucking genius.)

90. Seite: Simone Weil, die *ganze* Seite

92. Seite: »in der Sonne stehen« János Pilinszky, *Apokryph*

94. Seite: Markus 15,26–27

95. Seite: »Die Sprache ist dem Menschen gegeben, um seine Gedanken zu verbergen.« Stendhal. Von irgendwo her habe ich es in ein Heft abgeschrieben, nein, auf ein Blatt Papier, von dort in ein Heft, ich finde es nicht, von dort in ein anderes, *Tagebuch* lautet die Aufschrift, 24. März. Doch die Notiz ist, wie ich sehe, in Wahrheit vom 19. Januar. Darüber steht hier noch, dass Stendhal das in *Rot und Schwarz* als Aussage eines portugiesischen Mönches zitiert, schreibt Ákos Cseke in der Ausgabe 2014/2 von *Vigilia*. Da steht es auch auf Französisch, ich würde mich wundern, wenn ohne Fehler: La parole a été donneé à l'homme pour cacher sa pensée. Nachbemerkung: Ich weiß, dass es keinen Fehler enthält, ich habe es von 37 Menschen durchsehen lassen. (Wenn es dennoch einen Fehler enthielte: 37, und keiner sprach Französisch.)

Auf dieser Seite des *Tagebuchs* finden sich noch einige Zitate, die aus unserem Buch zu kommen scheinen (also wird es auch so sein).

Kierkegaard zitiert Hiob (Hiob 9,2; 40,2): »Streite nicht mit dem Allmächtigen. Ein Mensch ist nie im Recht vor Gott.«

Ignatius von Loyola notiert in seinem Tagebuch nach einer Weile nur noch seine Tränen, das »Geschenk der Tränen«, er weinte, er weinte nicht. Montag weinte er, Dienstag weinte er, Mittwoch weinte er nicht, Donnerstag weinte er. Und Gombrowicz schrieb: »MONTAG Ich. DIENSTAG Ich. MITTWOCH Ich. DONNERSTAG Ich.« – Das ist ein Unterschied. Der vielleicht noch größer wäre, wäre Gombrowicz zuweilen in Tränen ausgebrochen.

Pascal Quignard: Le bonheur laisse des traces dans ce monde. Das Glück hinterlässt Spuren in dieser Welt.

Didier Pollefeyt: *Horror Vacui (Isten és a gonoszság Auschwitzban és azt követően)* [Horror Vacui (God an Evil in/after Auschwitz], *Vigilia* 2014/3. Hieraus stammen die Sätze über das Böse auf der Seite.

Und ich habe einen privaten Brief (E-Mail), den ich aus Amerika erhielt, verwendet.

Subject: 19. März 1944

Es muss Sonntag sechs Uhr gewesen sein, wir schliefen alle, als das Telefon klingelte und der Freund meines Vaters, ein christlicher Anwalt, anrief. Es gab natürlich nur ein Telefon und von meinem Bett aus sah ich, wie mein Vater bleich wurde. Dann sagte er: Weißt du etwas Ermutigendes? Wie er die Antwort hörte, lächelte er bitter. Als er den Hörer aufgelegt hatte und es meiner Mutter erzählte, stellte sich heraus, dass der Freund auf die Frage geantwortet hatte: Nur wenn ich eine Frau wäre, dann könnte ich jetzt sagen, ich habe keine Unterhose an. (Das, freilich, verstand ich erst einige Jahre später, doch ich habe es nie vergessen.)

Am selben Tag riefen meine Großeltern aus Komárom an, die Mariska solle mich sofort aufs Land bringen, weil Pest jetzt bombardiert werden würde. Doch am Nachmittag ließ man mich nicht mehr in den Zug, weil ich jüdische Papiere hatte. So bin ich nicht in Auschwitz umgekommen.

96. Seite: Nóra Szegedi zitiert den berühmt-berüchtigten Satz in der *Pannonhalmi Szemle* (2013/2 *Rahner és a teodícea problémája* [Rahner und das Problem der Theodizee]): »Damit also das Böse nicht wäre, müßte Gott selbst nicht sein.«

97. Seite: Markus 15,29–32

98. Seite: Markus 15,33–39

99. Seite: Sämaschine, Schälmaschine, grüne Raupen und allgemein die Landwirtschaftswörter (?) sowie die »Grősz-Bande« von Pál Závada

»Du verschwandest…« Schlusssatz der *Mantel-und-Degen-Version*

»Großmutters erste Wörter: Jasmin aus Aleppo, Pfirsiche aus Oman, Wasserlilien aus Damaskus.« Wörter aus *Tausendundeiner Nacht*, genauer gesagt aus der *Geschichte des Lastträgers und der drei Damen*

100. Seiten: Markus 15,37–39, und auf der letzten Seite noch: Markus 1,1–3. Das Ende ist der Beginn.

P. E.